지금의 행복에 충실하기 위해 현재를 살고
아직 만나지 못한 행복을 위해 미래를 기대해야 하며,
지나고 나서야 깨닫는 행복을 위해 과거를 되새기며 살아야 한다.

為了忠於現在的幸福，請好好活在當下；
為了尚未相遇的幸福，就努力展望未來；
為了領悟過去的幸福，務必細細回味過往。

夢鎮地圖

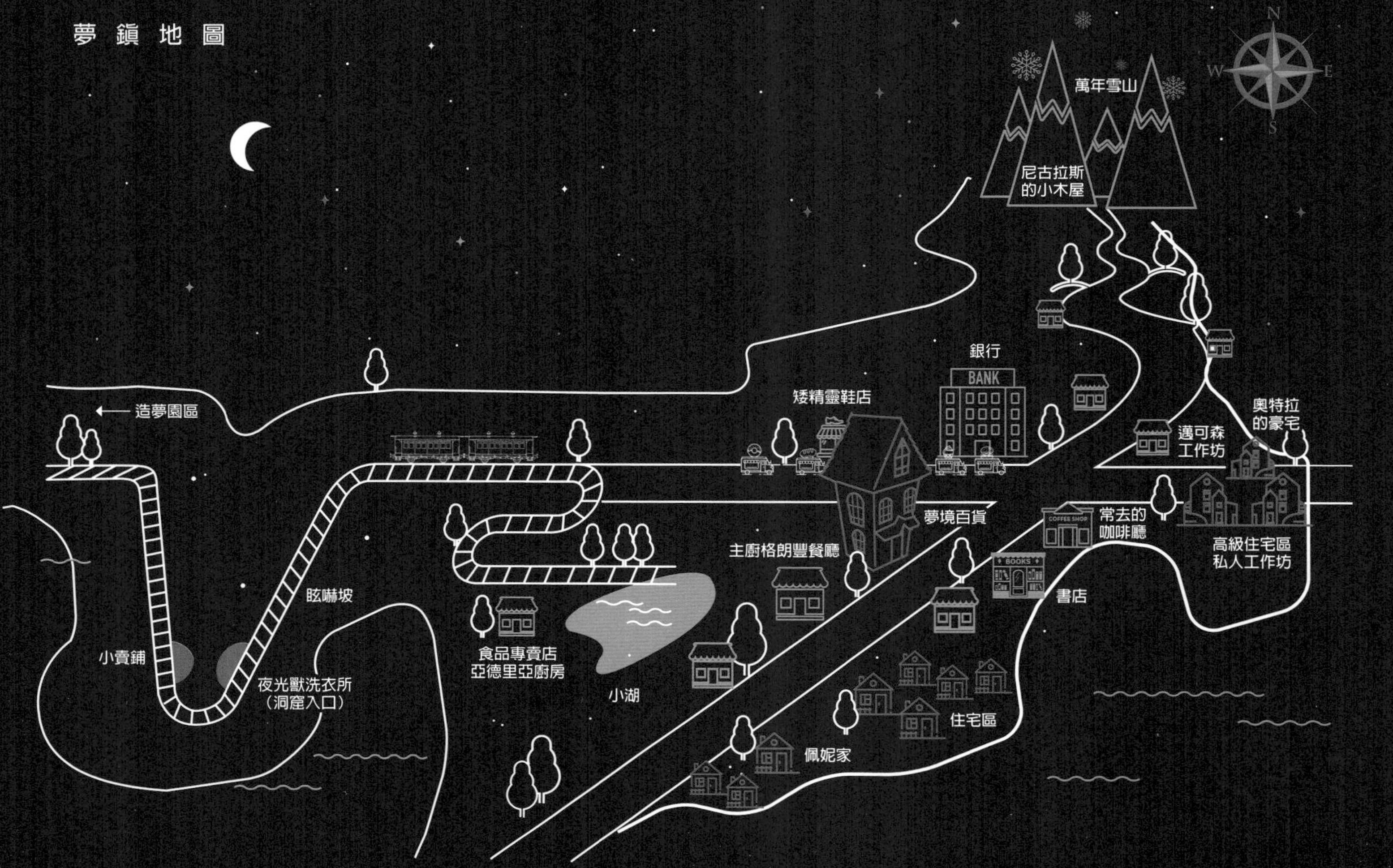
萬年雪山
尼古拉斯
的小木屋
銀行
BANK
矮精靈鞋店
奧特拉
的豪宅
邁可森
工作坊
常去的
咖啡廳
COFFEE SHOP
高級住宅區
私人工作坊
夢境百貨
主廚格朗豐餐廳
BOOKS
書店
住宅區
佩妮家
小湖
食品專賣店
亞德里亞廚房
眩嚇坡
夜光獸洗衣所
(洞窟入口)
小賣鋪
← 造夢園區
N
E
S
W

대만의 독자님들과 언어를 넘어 서로 꿈 얘기를 나눈다는 건,
소설가로서의 경험 너머의 기쁨입니다. 살아온 배경이 다름에도
각자의 꿈 세계에서 공통점을 찾는 순간이 무척 낭만적이에요.
우리가 매일 잠들고 꿈꾸는 한, 책장을 덮어도 이야기는 끝나지
않을거예요. 감사합니다. 멋진 꿈 꾸세요!

이미예 드림

能夠跨越語言隔閡，跟臺灣讀者分享彼此的夢境，喜悅之情更勝過作為小說家感受到的體驗。儘管我們的成長背景不同，但我覺得在各自擁有的夢境世界中找到共同點的那一刻非常浪漫。

只要我們天天入睡，夢見新的夢，那就算把書闔上，這個故事也不會結束。

謝謝，祝各位有個好夢！

李美芮敬上

달러구트 꿈백화점 2
단골손님을 찾습니다

歡迎光臨夢境百貨 2

找回不再做夢的人

李美芮（이미예）著
林芳如 譯

Contents

序篇　達樂古特的閣樓　005
第一章　第一次談薪水的佩妮　017
第二章　投訴管理局　047
第三章　娃娃・眠蒂與寫夢境日記的男子　083
第四章　唯有奧特拉才做得出來的夢境　119
第五章　測試中心觸覺區　161
第六章　淡季的聖誕老人　203
第七章　未能送出的邀請函　229
第八章　夜光獸洗衣所　255
第九章　超大型睡衣派對　283
後記一　年度夢境頒獎典禮　311
後記二　邁可森與捕夢網　323

序篇
達樂古特的閣樓

達樂古特夢境百貨以南約一公里處的住宅區，與父母同住的佩妮尚未上床睡覺。佩妮跟父母開了小型慶祝派對，慶祝她入職夢境百貨，當滿一年的前檯員工，三人正在享用有點晚才吃的晚餐。

「這一年來妳適應工作辛苦了。佩妮，我眞的很替妳感到驕傲。這是我們爲妳準備的禮物。」

佩妮的爸爸吃力地把十來本書放到餐桌上，全部都是寫給社會新鮮人的潛能開發書籍和散文。

「不知道有沒有空讀完這些書耶，我的一天又沒有四十八個小時。」

佩妮邊說邊解開粗繩子打成的蝴蝶結。

「是說，我有一個好消息。我現在工作滿一年，已經是國家認可的『夢境產業從業人員』啦。」

「那是不是？」

「對，沒錯！會拿到可以前往西邊『造夢園區』的出入證件。而且明天夢境百貨會逐一跟員工談薪水。說不定明天談薪水的時候，達樂古特先生就會交給我出入證件。現在總算是有當個夢境百貨員工的眞實感了。」

「我這輩子都很羨慕那些搭通勤列車進出造夢園區的人，沒想到我女兒也可以去了……」

爸爸以那雙神似佩妮的眼睛望著她，感動得話都說不下去了。

「在達樂古特夢境百貨工作，比那些在造夢園區上班的人厲害多了。不過，妳去造夢園區的話，要做什麼工作啊？」

媽媽邊問邊擦掉嘴角的奶油醬。

「不知道。既然是出外勤，那應該是跟製夢師見面吧？之前我也有去過亞賈寐．奧特拉的住宅。造夢園區有很多夢境製作社和製夢師，感覺要負責各式各樣的跑腿任務。」

佩妮曾經拜訪傳奇製夢師之一亞賈寐．奧特拉的家，去那裡拿「他人的人生之夢（體驗版）」。

「妳這個小不點什麼時候長這麼大了……不過啊，妳到了那邊，可別闖禍。」

「沒錯，不能再像去年那樣犯下嚴重的錯誤了。要時時刻刻打起精神……」

佩妮點點頭，差點沒噎到。自不久前開始，爸媽變得嘮叨了。因爲警察抓到偷走「心動」的犯人之後，打電話到家裡確認損失狀況，偏偏那通電話被佩妮的媽媽接到，所以她只好說出工作時被偷走一瓶「心動」的事。從那天之後，佩妮被念到耳朵都要長繭了，因此下定決心絕對不要再跟爸媽聊職場上的事。

佩妮吃力地面對這有如狂風肆虐的嘮叨暴風，反覆回答「別擔心」「我又不是笨蛋」等等，感覺自己就像身軀變得跟鳥籠一樣大，卻一次也沒能飛離鳥籠的可憐鸚鵡。說著說著，佩妮的臉色比吃飯前還要蒼白，並從位置上站起來。

「二位慢慢打發時間，我先回房間了。」

佩妮抱著爸媽給的一堆書回到房間，嘩啦一聲放到書桌上。書櫃沒有地方擺新書了。她想了一下，大刀闊斧地挑出準備就業時寫過的題庫。

「現在應該可以把這些丟掉了吧。」

佩妮翻開某本沒有寫完的題庫。如果可以擦乾淨的話，她還打算脫售給需要的人，但是每道題目都用原子筆畫滿了記號。佩妮失望地翻閱，接著視線停留在殘留最後一次解題痕跡的題目上。

那是一年前還在專心準備面試的時候，她的好朋友，夜光獸阿薩姆在咖啡廳二樓告訴她正確答案的那道題目。

問：以下何者爲一九九九年《年度最佳夢境》頒獎典禮評審一致同意頒發的獲獎夢境與製作人？

一、踢克・休眠——橫越太平洋的虎鯨之夢
二、亞賈寐・奧特拉——一週父母體驗之夢
三、娃娃・眠蒂——漫遊宇宙，凝視地球之夢
四、道濟——與歷史人物喝下午茶之夢
五、頌兒・可可——不孕夫婦的三胞胎夢

一看到這道題目，便清晰浮現當時的情景與心情，恍如昨日。正確答案佩妮還

記得很清楚。

「正確答案當然是一，年僅十三歲的踢克・休眠的出道作品。」

佩妮露出充滿自信的微笑，喃喃自語，然後啪一聲蓋上題庫。

從在咖啡廳準備面試的那天起，過去一年發生過的事情快速地在腦海中旋轉掠過。佩妮覺得這段時間過得比任何時候都還充實，打從心底爲自己感到自豪。一想到自己在前檯的工作逐漸上手，也學到了不少東西，就信心大增。

佩妮一邊哼歌，一邊整理書桌，渾然不知自己所知道的，不過是夢境百貨發生的事情的冰山一角。佩妮入職滿一年的這天，就這樣徐徐進入深夜。

同一時間，夢境百貨的老闆達樂古特人在自己的閣樓裡。他的閣樓是古色古香、清靜溫馨的木造建築物，位於每層樓販售不同夢境商品的「夢境百貨」最高層。

從建築物外部看過去的話，是位於五樓折扣區上方的隱密閣樓，只露出一個小窗戶的三角形尖狀屋頂，看起來並不適合居住生活。雖然一進到裡面就會發現空間比在外面看起來的還要寬敞，但是跟他的名聲相比，這個住處確實很樸素。有些人很好奇達樂古特為什麼不想跟知名製夢師或其他大型夢境商店老闆一樣，住得好一點，但當事人達樂古特從來沒想過要離開這個按照自己喜好裝飾的空間。

閣樓的特別之處在於正中央總共放了四張床，床頭互相靠在一起。這四張床的床架、床墊高度，以及寢具材質沒有一樣是重複的。達樂古特親自訂製的床頂蓬從天花板立體垂落，自然地罩住四張床，所以無論躺在哪張床上，都能同時享受到安穩和開放的感覺。

在房間擺四張之多的床，是為了根據每晚想做的夢境氣氛來挑床睡覺，這是達樂古特在簡單的日常生活中下最多工夫的地方。不過，他對床以外的東西不怎麼感興趣，形成了對比的正是隨意放置的物品。使用多年的家具早已變形；門扉不好打開；反覆發生小故障的家電，功能一個接一個壞掉；窗框油漆斑駁脫落，雜亂無章。甚至是房門前的感應燈也經常一閃一滅，但是達樂古特絲毫不在意這些。

達樂古特傍晚下班之後，就一個人窩在閣樓不出來。他穿著襯衫式睡衣，跨坐在四張床之中最矮的那張床的床尾。光是這週收到的信就有三十幾封，所以他正打算一口氣把信看完。已經拆封的信件隨意散落在床上。

造夢園區備受矚目的菁英新人聯盟！
研究員出身的製夢師開始研發「雙人夢」
「晚安，夢中見」如今終於成真！

本次新作品的獨家代理經銷權，
我們想優先授予達樂古特先生，
……

製夢師說要獨家提供新產品給達樂古特夢境百貨的提議向來絡繹不絕，他們常常在完成夢境之前就寄這種信給達樂古特，目的是爲了打著與「夢境百貨」簽訂獨家經銷合約的名義，引起投資人的興趣。不過，達樂古特很清楚那種夢境只會停留在研發階段，就算再過幾年也不會有進展。

一臉無聊的達樂古特拆開最後一封信。當他發現那是翹首盼望的信之後，隨即喜形於色。

達樂古特先生，您寄來的活動企畫書我看過了。
感覺會很有趣！所以我想參加。
我會盡快派員工轉交可以贊助的物品清單。
——床鎮家具行——

其實，最近達樂古特所有的注意力都放在秋天要舉辦的某個「大型活動」上。那是他的野心之作，就連店員也不知道這件事。

幸好陸續接到相關業者的正面答覆。繼續保持下去的話，幾個月後應該就可以告訴員工這個振奮人心的消息了。

達樂古特讀完來自床鎮家具行的信件之後，一邊伸展痠痛的腰，一邊站起來。壓根沒想過要立刻收拾亂丟到床上的信件。

「什麼時候才能輕輕鬆鬆地收拾房間啊……週末得大掃除了。」

達樂古特推遲打掃時間，走到布滿整面牆的書櫃前，打算找本入睡之前可以躺在床上看的輕鬆讀物。與視線高度差不多的位置上，依序擺放著標了年份的日記本。達樂古特抽出寫有「一九九九年」的日記本。

「好，舉辦活動之前，先讀一讀客人以前寫的日記也不錯。應該會很有幫助。」

老舊的日記本內頁大小不一，用牢固的繩子綁住後再裝訂上封面。用厚厚的新聞紙做成的粗糙封面，留有斑駁的歲月痕跡。封面正中央是達樂古特用黑墨水親筆寫下的「一九九九年夢境日記」幾個字。無論是以前還是現在，他都喜歡手寫或手工製作的物品。反之，操作機器對他來說是最大的難題。整間夢境百貨的員工都知道他連印表機這種相對簡單的機器也能動不動就弄壞。

達樂古特單手拿著舊日記本，一下子鑽入離門口最近的床鋪裡。寢具的柔軟觸感彷彿瞬間抱住全身每個角落。打開日記本才沒翻幾頁，睡意便襲來。雖然他用修長手指揉了揉眼睛四周，還想再多撐一會，但是身體的狀況已不允許他再看下去了。平常要處理店裡的事情，又要一個人偷偷準備大型活動前置作業，今天的他好像已經耗光體力了。

「年輕時精力旺盛，用都用不完……」

就連嘆息也變成了哈欠。哈欠連連，都流眼淚了。以現在的情況而言，充分睡一覺是更好的選擇，因爲明天還要跟員工談薪水，行程排得滿滿的。達樂古特於是改變心意，決定以後有空再看。

本來要看的日記本也沒闔起來，就那樣攤開放到床頭櫃上，然後輕輕拉扯長長垂下的電燈拉繩開關，頭一沾枕便呼呼大睡。

現在昏暗的閣樓房間只有達樂古特的低沉呼吸聲，還有時鐘指針發出的滴答聲。逐漸熟悉漆黑之際，窗邊的朦朧月光灑進房間的每個角落，一陣風穿過打開的窗戶縫隙。入口那盞故障的感應燈又亮了起來。橘黃的燈光與窗外的月光相連，巧妙地照耀著達樂古特沒看幾眼就放在床頭櫃上的日記本。

一九九九年八月二十日

我現在剛做完夢醒了過來，總覺得要趁這栩栩如生的感覺消失之前，趕緊記錄下來。

夢裡的我是一隻巨大的虎鯨。從海岸出發，慢慢游向遠方。做夢的時候，沒有想過鹹海水會不會因為氧氣不足而灌入鼻子讓我難受，或是擔心被海浪捲走的話是否能獲救。極為強烈的沉浸感，是整場夢裡最令人吃驚的部分。

在踢克・休眠的夢裡享受到的自由，是所有人都渴望獲得的安全的自由，而不是踩不到底的危險的自由。水深愈深，我愈覺得自己終於回家了。

我能感受到從背鰭延伸至尾巴的肌肉。大力拍打尾巴並往上甩，速度瞬間加快。現在海平面變成了這個世界的天花板，在白肚皮底下，比天空還深邃的我的世界就此展開。

看都不用看，所有的一切最先經由知覺感受到。我衝動地躍出水面，全然沒有想過自己辦不辦得到。流線型的完美身軀輕盈滑過水面，大膽飛翔，橫躍上空。

這時，忽然有一股莫名的刺激感流竄過全身，也不曉得那是不是我的知覺。我開始在意留在遠方岸邊的我的身影，但我還是努力游下去，將那忽然冒出來的不適感藏到滾滾浪濤下。

「那裡不是我應該待的地方。」

當我逐漸熟悉這極致的感官體驗，甚至產生懷疑「難道我真的是虎鯨」的時候，整個人卻慢慢清醒過來。在既非虎鯨，也不是人類的狀態下，兩個世界短暫重疊又逐漸分離開來的同時，我從夢裡醒來了。

現在的我做了年僅十三歲的少年踢克・休眠的夢，彷彿命中注定如此。這位天才少年說不定會在年底成為史上最年輕的大獎得獎者。

但是我應該沒辦法親眼目睹那一幕吧……

再深入下去的話，太危險了……

翻開的那一頁日記只寫到了這裡。壞掉的感應燈熄滅，閣樓再次沒入黑暗。

不知屬於誰的日記、達樂古特的舊家具，還有亂七八糟堆滿房間的雜物都融入黑暗中，散發出奇妙的氛圍，跟樓下二十四小時充滿來買夢的客人，熱鬧明亮的夢境百貨氣氛截然不同。

第一章
第一次談薪水的佩妮

日子更迭，來到了三月最後一週的星期五。

行動餐車熬煮的洋蔥牛奶香味瀰漫在涼涼的夜晚空氣中，溫暖了大街小巷，令人懶洋洋的。來買夢的客人披著棉被，愉快地走在街上，只有一顆頭露在涼爽的空氣之中。

達樂古特夢境百貨的一樓大廳依舊門庭若市，值夜班的員工才剛上班，正準備要開始工作，但此刻前檯卻沒看到入職第二年的佩妮身影。她還沒下班，人在店門口右邊的員工休息室前，等待輪到自己談薪水。

大力推開拱形木門就能看到員工休息室，佩妮的同學毛泰日和幾名員工都在這裡。休息室充其量不過位在店裡角落的一個小房間，但是員工們都很珍惜這個可以放鬆休息的空間。

獨特的黃色燈具、補了又破掉的抱枕、某人的低沉哼歌聲、拉椅子的聲音、小冰箱和咖啡機運作的緩慢白噪音，如今佩妮對這些事物已經習慣了，覺得休息室就跟度過大部分學生時期的社團教室一樣舒適。

「輪到我們之前還剩幾個人啊？」

佩妮坐在沙發對面的扶手椅上，開口詢問坐在旁邊的毛泰日。

「現在在談的人是維果樓管，接著是史皮杜樓管、我，然後最後一個才是妳。快輪到了。」

「我還以爲談完出來會是下班時間，但現在都過了好一陣子了。」

佩妮看看牆上的時鐘，雙手高舉過頭伸懶腰。

「沒辦法啊，達樂古特先生最近忙得團團轉，今天也很忙。早知道會這樣的話，我就去柯克斯．巴理耶那買吐司過來了。吃晚餐的時間很尷尬。」

毛泰日拍拍緊身針織衣底下凸出來的小腹，吞了一口口水。

員工之所以不下班，在這裡排隊等候，就是爲了一年一度的「談薪水」。這是邁入職場第二年的佩妮第一次正式談薪水。雖然有種一下子長大的得意感，但是她一點也不期待加薪。

談薪水之前的佩妮內心五味雜陳，因爲去年這個時候的她被偷走一瓶「心動」。之後碰巧有人戲劇性地檢舉犯人，在聽到警方還搜出被偷走的東西時，佩妮高興得都快飛起來了。只是她後來才知道檢舉犯人的一等功臣不是別人，正是史皮杜。現在所有人都知道整個事件的來龍去脈了，每次遇到史皮杜的時候，佩妮免不了要面對他那張讓人很有壓力的臉，他總是露出一副「不用太感謝我」的表情。但是不利於談薪水的事件獲得解決，就已經是莫大的安慰，所以佩妮自然不敢再多奢求什麼。

三樓員工桑默坐在零星鑲了水晶裝飾的樸素枝形吊燈下，跟同一樓的樓管莫格貝莉坐在一起。桑默跟三樓的其他員工一樣，穿著按照個人喜好改良的員工圍裙，但是圍裙下襬整個被放下來，所以長度比其他員工的還要長。坐在桑默對面的莫格貝莉爲了蓋掉雙頰上的紅暈，又上了一層薄薄的腮紅，結果臉上的紅暈在黃色燈光下更顯存在感。

這兩人早就談完薪水了，卻還留在休息室認眞嗑零食也不回家。像「寧神餅乾」這種高級零食，大大的零食籃子裡一個也不剩，只剩下一把不具任何功效的普通錢幣形狀巧克力。

桑默在木桌上攤開人格測驗卡牌組，接連問了莫格貝莉幾道問題。

「好，現在來確認結果吧！莫格貝莉樓管，妳是充滿熱忱的積極分子！是『大徒弟』的類型，連續測三次結果都一樣耶。」

莫格貝莉雙眼炯炯有神，大力點頭，對結果十分滿意。

「再測一遍結果應該還是一樣吧？」

固執的她提議再測一遍，桑默不自在地皺了皺修長的鼻子。

桑默拿著的是以《時間之神與三個徒弟》爲主題，測試自己的性格更像哪個徒弟的卡牌。這是某間書店在年初推出的贈品，購買十金夢幣以上的書就送一套卡牌。由於精美的設計很刺激蒐集欲，當時還發生了缺貨現象。佩妮一眼就認出那套卡牌，因爲她本來也想多貼點錢，買別人轉讓的，但最後還是放棄了。

「毛泰日，你要試試嗎？」

桑默一邊詢問，一邊重新把卡牌鋪開，好像有點厭倦了單獨一個人應付莫格貝莉。

「不用了。測不測都一樣，我應該是『大徒弟』那一類的，因爲我是著眼於未來的人。」

毛泰日堅定地回答，接著忽然起身，從零食籃裡拿走所有剩下的巧克力，分了一點給佩妮之後，又坐了下來。

「佩妮，妳跟爸媽住在一起對吧？不用告訴他們妳會晚一點回去嗎？」

毛泰日邊問邊拆開銀色的巧克力包裝紙。

「我剛才聯絡過了，叫他們先吃晚飯。」

佩妮並不討厭工作結束後，還得無所事事地待在休息室。她反而很期待等會下班的路上，去食品專賣店買一片蔬菜也沒放的厚切炸雞三明治，帶回到家裡邊看深夜連續劇邊慢慢享用。況且要是太早回家跟爸媽一起吃晚餐的話，他們反而會問個不停，像是「薪水談得怎樣？」「有沒有被上司罵？」或「沒在客人面前出錯吧？」諸如此類的。

不久後，沉重的休息室門打開了。還以為是維果．邁爾斯提早談完薪水，要來叫下一個人，結果出現的人是史皮杜。

販售「午睡夢境」的四樓樓管史皮杜是公認的急性子，做事速度也很快。一年四季只穿連身褲，綁著長髮的他，單手抱著幾個厚厚的文件夾，站在門口掃視休息室裡面的人。

「維果樓管還沒談完吧？」

「對，應該還要很久。」

佩妮想也沒想就回答，但隨即在內心大喊：「糟糕！」

「佩妮，不用那麼認眞回我話啦。這裡除了妳之外，不是還有其他人在嗎？妳很感謝我幫忙抓到了偷走『心動』的小偷，這我都知道，但是……」

「我只是隨口回了一句。」

佩妮才剛反駁，史皮杜就露出「妳是在害羞吧？」的親切表情，並坐到沙發的邊邊。

「對了！莫格貝莉樓管，妳家順利施工完畢了嗎？」

佩妮尷尬微笑，不去理會史皮杜的目光，機靈地轉移話題。

「妳不是說在窗戶上特別花了心思嗎？」

莫格貝莉自己住的房子正在整修，所以直到最近都住在姊姊家。她姊姊家離佩妮家不遠，所以兩人常常在上班途中偶遇。佩妮前幾天正好聽到房子整修好了的消息。

「原來妳還記得啊。沒錯，窗戶我超滿意的！當時我就下定決心要做一扇大窗戶，沒想到連西邊的『眩嚇坡』都能看得一清二楚，景色壯觀，天氣好的時候更是如此。」

「那應該也能看到往返於『造夢園區』的通勤列車囉？感覺很棒耶。」

「那正是我想要的。休息日撲通躺到床上，遠遠看著大家去『造夢園區』上班，那可是享受到雙倍的休假快樂啊。」

莫格貝莉興奮地回答，彷彿早就在等著別人問了。桑默趁她的注意力轉到其他地方的時候，開始一張張收拾玩膩的人格測驗卡牌。

以夢境百貨和許多商店所在的市中心爲基準，往南是佩妮家所在的一大片住宅區；往北是聖誕老人尼古拉斯所生活的萬年雪山；往東是亞賈寐・奧特拉等知名人士居住的高級住宅區和他們的私人製夢工作室。最後位於西邊的地方正是「眩嚇坡」，地如其名，指的是包含陡峭得令人頭暈目眩的下坡和其周遭地區。

穿過下坡處的山谷，繼續往西邊陡峭的上坡路走，就會看到以企業型態經營的「夢境製作社」齊聚的廣大園區。大家都稱這個地方爲「造夢園區」。

該地區不僅地形險峻，道路還七彎八拐，而且實在離市區太遠，不容易到達。一般來說，在那裡工作的上班族會搭乘直達造夢園區的通勤列車前往。載著乘客的列車一天至少得沿著上、下坡路的鐵軌行駛好幾十趟。

「佩妮、毛泰日，你們還沒搭過通勤列車吧？」

莫格貝莉才剛問完，毛泰日便搖搖頭。

「我搭過一次。聽說穿睡衣的外部客人不用做什麼檢查就可以搭車，所以我跟鄰居們穿著睡衣去搭車，想要測試看看。結果一下子就被列車長揪住後頸逮個正著，所以才上去十秒就被趕下車了。」

前往造夢園區的通勤列車不是誰都可以搭的大眾交通工具，想搭乘的人需要出示製夢師執照、園區內公司的員工證件等，足以證明本人是「夢境產業從業人員」的身分證。而夢境百貨的員工必須入職滿一年，才會被認可為夢境產業從業人員，並獲得出入證件。

「毛泰日不是工作一年多了嗎？」

三樓員工桑默驚訝地詢問，同時把整理好的人格測驗卡牌放入專屬的盒子裡。

「我去年夏天就滿一年了，但是出入證件是在每年的三月統一發放，所以才等到了現在。佩妮，妳是有驚無險地剛好做滿一年，對吧？」

「昨天剛好滿一年。很幸運，如果再晚個幾天入職，或許就得再苦等一年了。」

佩妮吐口氣，放心下來。

「你們這些小鬼頭終於也要體會到『投訴管理局』的厲害了。」

原本默不作聲的史皮杜忽然插嘴。他直到剛剛還在焦慮地抖腳，快速瀏覽自己帶來的文件。

「史皮杜，別多嘴，還有不要抖腳了。」

莫格貝莉說了他幾句。

「別多嘴？莫格貝莉，拿到造夢園區出入證件意味著什麼，妳應該也很清楚。難道核發出入證件是要讓他們搭列車遊玩，還是去夢境製作社參觀郊遊的嗎？」

「話雖如此，但也不用現在就提到那些令人頭痛的話題啊。」

「這意思是證件的用途不是讓我們體驗搭列車的感覺，或是去參觀夢境製作社？」

毛泰日聽完兩個樓管的話之後，露出大受衝擊的表情。

「毛泰日，你還眞樂觀。史皮杜說的沒錯，出入證件主要是爲了讓你們去拜訪造夢園區中央廣場的『投訴管理局』。」

「不能參觀其他公司嗎？」

毛泰日感到挫折，圓滾滾的雙手抱住頭。

「幹麼要參觀其他公司？你們能去的地方頂多只有『投訴管理局』和正上方的『測試中心』。要跟夢境製作社開令人頭疼的會議，討論投訴案件的時候，通常會在那裡見面。」

「話說回來，投訴管理局這地方是做什麼的呢？」

佩妮冷靜問道。

「與其聽我們說明，親自去一趟更好。第一次跟達樂古特先生去投訴管理局的回憶，我還歷歷在目……雖然那是銷售夢境的人必去的地方，但是可以的話，絕對不會想再去一次。該怎麼說呢……那是個讓人心情不好的地方。」

莫格貝莉沮喪地垂下眼。

「你們至今只有遇過開心歡笑的客人吧？你們也該快點了解清楚投訴管理局那些棘手的事情，那樣才會知道史皮杜我有多厲害。我去年賣掉的『午睡夢境』收到的投訴有這麼多。」

史皮杜指向剛剛一直在看的那疊厚文件。

「史皮杜，難道你整理一年以來所解決的投訴案件，是為了在談薪水的時候拿給達樂古特先生看？」

莫格貝莉嚇得目瞪口呆。

「正確答案。莫格貝莉，我全部都印出來整理成冊了，好讓他明白我有多辛苦。妳要聽聽看這些荒唐的投訴內容嗎？『因為在上課時間趴睡做夢時說了夢話，所以被朋友們嘲笑。』老實說，我沒法理解這有什麼好投訴的。還有，『午睡夢到的夢太棒了，所以一路睡到傍晚，結果晚上睡不著。』這個到底是想要我怎樣啊？一想到我因為這種事情連著好幾天大傷腦筋，就實在是……」

「多虧那些事情，你才能當上四樓樓管，不是嗎？達樂古特夢境百貨的樓管頭銜不是誰都能擁有的。那真的是很了不起的經歷。」

托著下巴聆聽的桑默羨慕地說。

史皮杜像機關槍一樣說個不停，佩妮聽得一知半解，但是她覺得能處理那麼多工作的員工確實只有史皮杜。

「看來對樓管而言，談薪水就如字面上所說的是一場『談判』。我忽然覺得自己跟你們的距離好遙遠喔。我本來以為看達樂古特先生開多少薪水，老老實實簽名就可以了。」

佩妮發現快輪到自己談薪水了，突然壓力大了起來。

「沒關係，達樂古特先生對才工作一年的妳，應該也沒有抱太大的期待。不過，他應該會想知道妳的規畫。」

桑默安慰佩妮。

「我的規畫……加倍努力做好現在的工作也算是規畫嗎？就是在前檯替客人做介紹、管理庫存或做薇瑟阿姨交代的工作。除此之外，我沒有認真思考過。」

「那也是優秀的規畫啊，可是妳不會覺得很無聊嗎？如果得每天待在同個地方做別人交代的工作，我說不定會無聊到瘋掉。」

毛泰日不寒而慄，然後改變了坐姿。

「看你在五樓工作的樣子，好像一點也不無聊啊？」

毛泰日以在五樓折扣區花裡胡哨地推銷夢境出名。佩妮看他跑來跑去，滔滔不絕地說出準備好的促銷臺詞，令客人魂牽夢縈，就連她自己也常常陷入想立刻買下折扣夢的衝動之中。

「毛泰日，你要提什麼規畫來幫著你談薪水嗎？」

「我有一個宏偉的規畫。」

「什麼規畫？」

「我覺得……五樓也該有樓管了。」

毛泰日生怕被人聽見，整個靠在佩妮坐的椅子扶手上，用幾乎聽不到的音量說話。

「看看莫格貝莉樓管，還那麼年輕不就當上了樓管？說不定我有一天也能成爲五樓樓管。別看我這樣，我挑商品的能力可是好得沒話說。雖然現在就有這樣的野心還爲時尚早，但總有一天……」

毛泰日自信滿滿地握緊拳頭，就像參加辯論比賽的小朋友。

這並不是在吹牛。毛泰日選物眼光獨到，可以分辨出會熱賣的夢境商品。他所推薦的新作品就算沒有大賣，也不會堆滿庫存。在使用達樂古特年底發的商品券買夢境時，員工之間也會相互通報：「如果不知道要買什麼，那跟著毛泰日買就對了。」

「沒錯，你挑夢境的眼光眞的很好。」

雖然毛泰日的發言給佩妮帶來了小小衝擊，但是她爲了不要顯露出來，含糊地稱讚一句。不管怎麼說，看見同齡的毛泰日那麼積極往上爬的樣子，都刺激了佩妮，令她感到不安。

「爲什麼沒有早點開竅呢？」

茫然的佩妮覺得今年也會跟去年一樣，但是總不能只做薇瑟阿姨交代的工作。現在的她不能靠著躲在新進員工這張免死金牌背後，等待問題獲得解決，而且再這樣下去，她會跟毛泰日這樣有個人規畫的員工逐漸拉開差距。

本來還天眞地陶醉在自己取得了造夢園區的出入證件，然而當鋒利的眞實感突然浮現，佩妮瞬間覺得口乾舌燥。

休息室的門再次打開，這次眞的是維果．邁爾斯。他是二樓「平凡日常」區的樓管，向來是面無表情，看不出心情好壞，所以沒辦法從他的表情中猜出薪水談得成不成功。

他一對史皮杜說「輪到你了」，史皮杜便把檔案夾在腋下，一臉嚴肅地走向達樂古特的辦公室。維果．邁爾斯正要轉身離開時，莫格貝莉叫住了他。

「維果樓管也測試看看人格特質吧！真好奇您是哪個類型的。這個卡牌可以測試您的人格特質跟時間之神的三名徒弟之中誰最類似。」

莫格貝莉天真爛漫地重新抽出桑默收到盒子裡放好的卡牌。

「我沒興趣。人的個性本來就不可能只分成三種啊。」

維果不開心地回嘴。

「生氣什麼呀？這個只是測好玩的啊。我看看，佩妮！妳要測測看嗎？」

「嗯？喔、喔。」

佩妮正在想其他事情，隨口回了一句。

興奮的莫格貝莉立刻移到佩妮面前，攤開卡牌。卡牌總共有二十五張，每一張都畫了不一樣的美麗插畫，卡牌邊緣跟對角線上的裝飾能連成一條細長的線。測驗方法是鋪開所有卡牌，橫豎各五條，按照回答後所顯示的順序把卡牌疊起來，根據選擇的答案決定最後放上去的那張卡牌。

「製作得還挺有模有樣的嘛。」

維果．邁爾斯嘴上說沒興趣，卻也沒離開，悄悄站在佩妮後面觀看。

「好，要開始囉。回答完我的問題的話，就會出現這三張卡牌之一。」

莫格貝莉背誦從桑默那學來的臺詞，指向最下面三張隔開來的半透明華麗卡牌。

最左邊的卡牌邊框由水果串環繞而成，框框裡畫了朝亮光伸手的老婆婆背影，一眼就能認出這幅畫臨摹的是製作「胎夢」的頌兒．可可。中間的卡牌背景猶如洞窟般黑暗，小小的結晶閃爍如星，手伸向閃爍光芒的身軀描繪的是一名矮小的男子。第三張卡牌以夢境百貨爲背景，中間站著像極了達樂古特的男子。

佩妮正想問第二張卡牌的原型人物是誰的時候，莫格貝莉就拿起卡牌翻面，看不到圖了。

她拿起問題清單，開始進行測驗。

「妳獨處的時候，會常常沉浸在回憶裡嗎？」

「嗯……會，還滿常那樣的。」

「妳覺得過去的事情對妳造成的影響大嗎？」

佩妮想起最近史皮杜那抹令她很不好受、很有負擔的微笑。

「是。」

「好，妳不安於一成不變的生活，規畫新的事物會讓妳感到高興？」

「不……好像不會。」

回答的期間，原本像展開圖攤開的卡牌一個一個疊在一起。佩妮很快地回答完最後一個問題，莫格貝莉非常慢地翻開卡牌。

「妳是……重感情的思考家！屬於『二徒弟』的類型。我們之中，妳是第一個『二徒弟』類。」

佩妮從莫格貝莉那接過卡牌，仔細端詳。圖像上方的邊框寫了小小的一段話，是佩妮也很熟悉的《時間之神與三徒弟》的其中一段。

他（老二）認爲如果能和過去的回憶相伴，那就能永遠幸福，再也不會感到遺憾和空虛。於是，時間之神將過去交給了老二，同時賦予他無論是什麼都能長久回憶的能力。

「不過，二徒弟的後裔是誰啊？」

佩妮直接開口問起，這個做測驗時就令她深感好奇的問題。

「故事提到他們躲進了洞窟，所以之後的事情應該誰也不知道？」

「這個嘛，最近大家對這個不感興趣。因爲那是很久以前的事情了，妳不也是去年才知道老大的後裔是頌兒・可可？雖然達樂古特先生本來就很有名，但那是因爲他們家族代代傳承了夢境百貨。傳聞老二的後裔隱姓埋名，躲在某個地方製作夢境。雖然也有人說三徒弟的後代子孫已經過世，但這個說法未經證實。」

「亞特拉斯。」

莫格貝莉才剛說完，邁爾斯・維果就拋出這句話。

「嗯？」

「三徒弟的後裔是亞特拉斯，至少要知道他的名字。」

他沒好氣地答覆，大力拉開門。

「那我要走了。你們沒事的話也快點回家，少待在這裡。」

維果離開的同時，談完薪水的史皮杜衝進休息室。

他在相當於去一趟廁所的極快時間裡談好了薪水，導致下一個輪到的毛泰日慌慌張張地從位置上站起來。

毛泰日快談完的時候，佩妮已經提前從休息室出來了。在達樂古特的辦公室前面走來走去，等著輪到自己。大廳不僅有來自夢境世界外部、穿著睡衣的客人，還有很多來自其他城市、趁下班途中順道繞過來的客人。

剛才的人格測驗結果就像雜質一樣，在佩妮的腦海裡飄蕩。如果是毛泰日的話，應該會出現象徵未來的「大徒弟」。若說毛泰日以目標爲導向的積極態度是與生俱來的個性，那屬於「二徒弟」類型的自己有什麼優點呢？在故事當中，二徒弟的能力是「無論是什麼都能長久回憶」，這點能在何時何地發揮長處呢？佩妮頂多只能想到一些沒創意的用處，像是在考需要死背的科目時有用。雖然她很清楚就像邁爾斯所說的，人的個性不可能只分成三種，但這些思緒仍然接連湧上心頭。

佩妮陷入深思，連門打開了都沒發現。談完薪水出來的毛泰日像在看怪人一樣，盯著站在門口發呆的佩妮。

「佩妮，妳還好嗎？」

「啊，你談完了啊。沒什麼，我什麼事也沒有。」

「那就好，快進去吧。」

毛泰日親切地替她拉住門，看起來心情很好，似乎很滿意談薪水的結果。

「毛泰日，謝謝你。」

佩妮走進辦公室後，坐在書桌另一頭的達樂古特揮揮手以示歡迎。他穿著黑白毛線交織而成的毛衣，衣服設計看起來就像是在搭配他那黑白參半的微捲短髮。

「讓妳久等了吧？真是抱歉，快坐下。」

「沒關係，達樂古特先生。」

達樂古特拿起平常不太常戴的細框老花眼鏡，他戴眼鏡的樣子看起來比平常還要知性。雖然外表一絲不苟，但他的辦公室卻充滿了人情味。動不動就出問題的舊款印表機今天也閃爍著紅色警示燈，凌亂的大桌子上放了待批文件、倒過來的舊日記本和沒喝完的飲料等雜物。

「有些人在有點混亂的狀態下反而更自在。」

達樂古特泰然自若地說，彷彿知道佩妮在想什麼。

「妳今天不需要寧神餅乾吧？」

「當然不需要。」

佩妮微微一笑，努力裝出從容的樣子。

「好，這是我們一樓前檯員工佩妮第一次談薪水呀。回顧一下過去這一年吧？」

達樂古特開始尋找放在桌上某個地方寫有佩妮相關資訊的紙。當他抽出被壓在筆筒下面的紙張時，手肘碰到沒喝完的飲料罐，差點就要打翻。幸虧不安地盯著飲料罐的佩妮迅速抓住，罐子才沒有翻倒。另一隻手同時拿起差點就要被弄濕的舊日記本，千鈞一髮，日記本安然無恙。

「多謝妳了。」

「不客氣。」

佩妮重新將日記本擺到桌上放好。粗糙的紙質封面上寫了「一九九九年夢境日記」。

「一九九九年夢境日記……這是您的字跡耶，您習慣寫夢境日記嗎？」

佩妮現在對達樂古特的字跡很熟悉，因此一眼就認出來了。

「啊，這裡面的內容不是我寫的，雖然加上封面做成日記本的人是我。我將客人睡醒之後寫下的夢境日記保存了下來，打算有空的時候就讀一讀，但是今天也沒時間看啊。」

達樂古特一邊微笑，一邊用食指指尖拂過日記本的封面。

「客人會寫夢境日記？」

「不是可以透過夢境支付系統，查看客人的簡短評價嗎？妳就當作這些是其中特別長的詳細評價，這樣比較容易理解。」

「做完夢醒來竟然還能寫日記……好厲害。一般來說，客人應該很難想起做夢內容。」

「他們似乎是一醒來就趁記憶還沒消失之前，將夢境內容記在眼前能寫字的東西上，但是這樣的人很少見，所以夢境日記才會如此珍貴。」

佩妮很好奇在遙遠的一九九九年，客人們留下了怎樣的夢境日記，但是達樂古特把日記本收到了書桌抽屜中。

「話題好像扯遠了。今天不是要聊客人，而是要聊聊佩妮妳。」

達樂古特拿起寫得密密麻麻的紙，一路讀下去。佩妮緊張地吞口水，不曉得他會對自己做出什麼評價。

「我看看，薇瑟說妳值得信賴。上晚班的穆德也說妳做事俐落，十分滿意。周遭人的意見當然是最重要的，對吧？」

佩妮鬆一口氣，在內心默默感謝薇瑟阿姨和穆德。

「啊，還有一個東西要給妳。」

達樂古特翻找書桌下層的抽屜，將某個東西遞給佩妮。那是一張可以掛在脖子上的小卡片。

「達樂古特先生，這是……」

以微微閃爍光澤的特殊材質製成的卡片上，清晰寫著**「達樂古特夢境百貨——佩妮」**。

「造夢園區的出入證件發下來了呀，謝謝！您果然沒有忘記幫我申請。」

「那還用說。妳都在店裡工作一年了，所以現在妳也可以進出造夢園區，是獲得認可的夢境產業寶貴人才了。」

「聽說拿到出入證件的話，就會去投訴管理局。」

「哦，原來妳都知道啦。順利工作滿一年的員工都得去一趟。那也算是一種我安排的教育課程。下禮拜一跟我一起去吧。」

「投訴管理局是對夢境不滿的人投訴的地方，對吧？史皮杜樓管說的話聽起來是這樣。」

「簡單來說是那樣沒錯。佩妮，妳覺得『一次也沒來過店裡的客人』和『原本常來卻不再來光顧的客人』之中，哪個更重要？如果我們要像現在這樣保持生意興隆的話，努力接待哪種客人更重要？」

「喔……接待新客人很重要，讓既有的客人回流也很重要……不過，如果只能選擇其中一種的話……」

達樂古特偶爾會突然丟出問題，讓佩妮不知所措。而且每次問這種問題的時候，他那雙黑棕色眼睛就會變得炯炯有神。

「我覺得老顧客很寶貴，大概是因爲我對天天在前檯看到的眼皮秤有感情了。工作一段時間後，有種跟客人相伴的感覺。」

佩妮喜歡看老顧客的眼皮秤順暢無阻擺動的模樣和它特有的滴答聲。而且在秤砣移動顯示客人的睡眠狀態轉換到快速動眼期睡眠之後沒多久，便能看到推門進來的熟面孔。眞是沒有比看到這些客人還開心的事了。

「我也這麼覺得。所以啊，那些因爲喜歡我們夢境百貨的夢而變成老顧客的人突然不再光顧，是很嚴重的問題。沉默不語的客人比抱怨連連的客人還要狠心，說不來就不來了。直接找上門要求退貨的客人反而還更令人感謝啊。」

佩妮想起那群跑來要求退掉邁可森的「克服創傷之夢」的客人，當時達樂古特就在藏匿於這間辦公室底下的客訴處理室跟他們談話。

「在這種時候協助我們的機關就叫做『投訴管理局』。就算是容易忘掉夢境的客人，相同的不滿事件發生太多次，他們最後還是會找上投訴管理局。對他們來說，與其去買夢的地方追究，這個方法更好。投訴管理局會保管、分析投訴資料，再轉告給相關的商店或製夢師。至於確認客人的投訴內容，妥善處理不滿事項，便是我和樓管們的工作之中最困難的部分。」

佩妮沒辦法一下子聽懂。

「事後才跟客人收取夢境費，為什麼還會造成問題呢？客人才是怎樣都不會吃虧吧？」

「這一點應該就是妳今年要學習的。這個世界上有很多人出於一些妳不知道的理由而討厭做夢。如果說因為推遲睡覺時間而不來取預約夢的『No show』事件是因為客人的漫不經心，那讓他們找上投訴管理局就是因為我們的漠不關心。妳以後再慢慢了解吧。這段時間以來，我已經充分明白如果事事都先跟妳解釋清楚，那對妳沒什麼幫助，知道了嗎？」

「知道了，可是……真的有辦法找回老顧客嗎？」

佩妮想從容地接受這個事實，但還是頗感不安。因為就拿自己來說好了，只要是不想再去的商店，就不太會再去光顧。

「每個客人都有自己的苦衷。只要妳記住每個人正在經歷的情況都不一樣，找回老顧客也不是不可能。」

「我也想幫上忙。希望可以找回老顧客，哪怕只有一位也好。」

「那是妳今年的規畫嗎？」

「唔……其實是我剛剛想到的，但我是認眞的。希望夢境百貨能一直像現在這樣跟許許多多的客人同在。我有多喜歡這裡，您是不會知道的。」

「既然如此，那就跟我今年的規畫一樣呢。」

「您打算怎麼做？」

「嗯……我目前是正在規畫某件事，但是還沒確定下來，所以不能先跟妳說。要處理的事情還很多。」

「原來您正在規畫特別的事情啊！給我一點提示嘛！」

「這個嘛，那是除了我之外，很多客人也會喜歡的活動？這一點我很確定。」

「眞的嗎？」

「好啦，我們言歸正傳吧。咦？下班時間都過去這麼久了，快點談完妳的薪水，我也要去吃晚餐了。努力工作之後享用的美味晚餐，那個眞的很重要。我看看……我想的薪水大概是這個數字，妳覺得怎麼樣？」

達樂古特用鋼筆在加薪合約上寫好金額之後，推到佩妮面前。那筆金額比想像中的還要多得多，佩妮必須管理好表情，以免笑得太開心，失了分寸。達樂古特對佩妮的期待似乎都反映在薪水上了。

「佩妮，我們賺到的錢是用客人的珍貴情緒換來的，所以絕對不能忘記這個重擔。」

佩妮簽名的時候，達樂古特給予忠言。

「是，我會謹記在心。」

加薪合約上面的數字看起來就像夢境百貨的來客數。適量的緊張感和開心的熱忱在內心悠悠蕩蕩地升起。

「那星期一見。哎呀，差點忘了。這個妳也一併拿走，是通勤列車的時刻表。」

達樂古特給佩妮一張時刻表，上頭寫滿芝麻般大小的字。

「上面寫了以分鐘爲單位的通勤列車運行時間。七點左右到妳家附近的停靠站搭車，我會在夢境百貨附近搭車。」

「好的，星期一見。」

佩妮從達樂古特的辦公室出來之後，好不容易才在列車時刻表的芝麻小字之間找到離家最近的停靠站，然後用紅筆圈了出來。

食品專賣店「亞德里亞廚房」停靠站

上午六點五十五分出發

時刻表最下方寫了一行加粗的注意事項。

通勤列車非私人轎車，請嚴守時間。

佩妮把出入證件和列車時刻表放到掌心上，注視了許久。指尖輕撫出入證件上刻著的名字「佩妮」，抿嘴一笑。帶著可以看到比去年更廣闊的世界的期待感，以及現在才變得完整的歸屬感，讓明明沒吃晚餐的佩妮產生了開心的飽足感。

佩妮小心翼翼地把東西放入手提包，離開夢境百貨。她的步伐比平常還輕快，輕盈地走過整個暗下來的商圈街道。

第二章
投訴管理局

星期一的早晨比其他日子還要疲倦，尤其是像今天這種彷彿快下雨的濕冷天氣就更讓人疲憊了。

佩妮放棄吃早餐才得以準時抵達通勤列車的停靠站。親手確認過出入證件還好好掛在脖子上之後，雙手又插入大衣口袋。佩妮昨晚太晚睡，所以哈欠打個不停，下巴都痠了。

簡樸的停靠站位於佩妮家附近山坡上的食品專賣店「亞德里亞廚房」前面。一大早就敞開大門的食品專賣店來了許多搶早晨特價商品的勤勞人士。

佩妮站在離食品專賣店稍微遠一點的地方，以免妨礙客人進出。停靠站旁有五、六個比佩妮還早到的人，他們不是戴了耳機，就是雙手抱胸，縮起身子，深怕有人跟自己搭話的樣子。大家似乎都想在上班之前慵懶地享受個人時光。

一想到待會要搭通勤列車，佩妮就漸漸興奮起來，但她一點也不期待目的地投訴管理局。這個名稱散發出的辦公氣氛和公家機關特有的生硬形象，讓她有點緊張。

再加上莫格貝莉對投訴管理局做出的模稜兩可的告誡：

「可以的話，絕對不會想再去一次。該怎麼說呢……那是個讓人心情不好的地方。」

不到幾分鐘，停靠站周圍的人潮變多了。佩妮身後站了一群人，他們一邊聊天，一邊喝散發濃烈穀物香味的熱飲。

「新上任的投訴管理局局長啊，聽說一上任就傳喚了所有的關係人士。」

「那是一定的啊。接掌大權的話，肯定會想要將前任做過的事情切乾淨。現在正是新官上任三把火的時候，不是嗎？啊，好燙！」

聲音渾厚的男子喝飲料喝到一半，發出咳咳聲，好像被嗆到了。

「達樂古特夢境百貨有得忙了。」

佩妮豎起耳朵，專心聆聽後面的人在聊些什麼。

「應該吧，因爲他們的客人很多，所以相對來說客訴也是最多的。」

「算了，還是擔心我們自己吧。如果這次的新品系列也無法進駐達樂古特夢境百貨的話，那就糟糕了。我不想才禮拜一就被折磨得死去活來，哎呀，下雨了耶。」

天氣潮濕就算了，雨滴偏偏還落到了佩妮頭上。想躲雨的人默默往食品專賣店的遮陽棚底下聚集。佩妮幸運地搶到直立式廣告招牌旁邊的位置，得以免去風吹雨淋。

塞奇夫人的「媽媽手藝」番茄醬與「爸爸手藝」美乃滋
二〇二一年隆重改版，更濃烈的滋味與情緒（含有〇．一％的懷念）
廚藝生疏沒關係，動之以情就行！
隨時隨地都能重現令人懷念的爸媽手藝。

直立招牌的畫面上顯示吃到蛋包飯而流下感動淚水的小孩，以及站在他們後面手持商品並豎起大拇指的父母。小孩面前的蛋包飯灑滿鮮紅的番茄醬，都看不到黃色的蛋皮了。

佩妮覺得模特兒的滑稽表情很搞笑，專心盯著看的時候，前面的人為了徹底躲開雨水往後退到裡面，因此踩到了佩妮的腳。此人戴著耳機隨旋律搖頭晃腦，一句道歉也沒有。佩妮想遠離這個人，所以往旁邊跨了一大步，結果像是被什麼抱住一樣，撞上了某個觸感蓬鬆柔軟的東西。

「佩妮！這個時間點妳怎麼在這裡？」

柔軟的觸感來自夜光獸阿薩姆。阿薩姆的兩隻前腳提著大籃子，不僅如此，尾巴也掛了一個籃子。

「阿薩姆，你一大早就來買菜嗎？我是因爲有事情要辦，所以來搭通勤列車。我終於也拿到出入證件啦。我已經在夢境百貨工作滿一年了！」

「時間過得這麼快？佩妮，我剛好也有一個好消息。再過不久，我應該也會常常搭乘通勤列車。因爲我資歷豐富，又符合重要的條件，所以終於可以轉職了。」

「轉職？轉去哪？」

「洗衣所！眩嚇坡下面的夜光獸洗衣所。在洗衣所工作是所有夜光獸的夢想！在街上奔走，替人穿上睡袍，轉眼間也三十年了。我早就累積了豐富的工作經歷，只是等了很久才符合另一項重要條件……」

「什麼條件？」

「來，妳看，這邊有藍色的毛，對吧？」

阿薩姆把掛著籃子的尾巴拉到身體前面，拿給佩妮看。夜光獸開始老化的話，身體上的毛髮會逐漸轉藍，但是不管怎麼看，阿薩姆的毛別說是藍色了，甚至比今天的天氣還要灰濛濛的。

「哪裡啊？」

「妳看這裡，尾巴深處的毛不是正在變成藍色嗎？」

阿薩姆撥開自己的濃密尾巴毛，展示從深處長出來的指甲般大的藍毛，自豪得彷彿那撮象徵老化的藍毛是一種勳章。

「阿薩姆，你什麼時候變這麼老了？」

佩妮一邊感傷地說，一邊摸阿薩姆的尾巴。從阿薩姆的籃子冒出來的長蔥戳中佩妮的腰。

「不好意思，佩妮，我是老了，但應該會活得比妳久喔。」

「什麼？」

佩妮推開戳中腰部的大蔥並反問。

「不能用人類的壽命來推算夜光獸的壽命。我很想在洗衣所工作，所以一直在等自己老化。總之，我先走啦。回家吃完飯還得去工作。佩妮，列車快進站了，我的腳底能感覺到遠方的地面在晃動。」

阿薩姆將籃子重新掛上毛茸茸的前腳，尾巴左右搖晃著離開。佩妮可以理解阿薩姆爲什麼會期待在洗衣所工作，因爲就算夜光獸的力氣比人類大，天天揹著堆積如山的睡袍和珊瑚絨襪肯定還是很累。如同阿薩姆所預告的，列車沿著地面上鋪設的軌道從遠方駛入停靠站。原本分散在各處的人們開始在停靠站牌前排隊。佩妮扣緊衣領，一隻手伸到頭上遮擋從天而降的雨滴，混入排成一列的人群之中。

通勤列車緊急減速，剛好停在了停靠站前。列車沒有車頂，有如遊樂園的雲霄飛車。在駕駛列車的列車長後面，是一排排可以坐兩個人的座位。列車長拉住駕駛座的操控桿後，及腰的車門隨即向外打開。

「這是六點五十五分，自『亞德里亞廚房』停靠站出發的通勤列車。本列車終點站爲造夢園區，行經所有一般停靠站。若想直達造夢園區中央廣場，請搭乘八分鐘後抵達的特快車。」

看起來跟佩妮年紀相仿的列車長朝停靠站的乘客大喊。她清澈的聲音劃破陰暗的天氣，響徹四周，看來似乎是接受過發聲特訓。

大家向坐在最前面的列車長出示出入證件後，找了位置坐下。列車長檢查掛在佩妮脖子上的出入證件時，抬高帽子，看看她的臉之後才點頭放行。

列車座位之中有幾個座位特別大，椅背套上有一行印刷字：「夜光獸專用」。佩妮猶豫了一下，最後坐到列車長正後方的第一排位置上。

「呃，濕濕的。」

由於這是露天式列車，雨水積在座位上，大衣的屁股處因此濕掉了。列車上是有折疊式隔板，但是還沒打開。聽到屁股被雨水沾濕的乘客抱怨，列車長這才漫不經心地拿起駕駛座旁彎掉的鐵棍，看也沒看就嫻熟地用力拉下隔板的邊緣。

除了似乎是在等特快車而留在停靠站的人之外，大家都各自占據一個位置，確認旁邊沒有人坐之後，又再次以舒服的坐姿沉浸在個人時光當中。

佩妮正想鬆一口氣的時候，忽然感覺到旁邊的位置被某人占據而沉了下去。她的天藍色大衣下襬因此被捲入這個不速之客的屁股底下。

「毛泰日！你怎麼來了？」

「我怎麼來了？談薪水那天，收到出入證件的時候，達樂古特先生應該也有邀妳一起去投訴管理局吧？」

「啊，我忘了你也是今年拿到出入證件。」

「我今天提早出門，想說還有一點時間，所以從我家附近的停靠站走到這裡，結果差點就要兩頭空了。」

毛泰日稍微抬起屁股，幫忙佩妮抽出大衣，才剛坐好，列車就出發了。

「毛泰日，投訴管理局是怎樣的地方啊？從遠方看不太清楚，好好奇喔。」

「聽說近看的話，外觀很特別。眞想快點親眼去看看，但我更好奇投訴管理局上面的測試中心。聽說那裡有製作夢境所需要的各種材料，所以可以當場創造出觸覺或嗅覺，也可以測試做好的夢境性能。」

毛泰日知道的東西很多。

「希望我們也能去看看。」

兩人聊天的時候，達樂古特在下個停靠站上車了。他穿了防水材質的光滑大衣，撐著紫色雨傘。列車長沒有檢查達樂古特的出入證件，應該是他的臉本身就可以當證件。坐在列車後方的某個陌生男子起身對達樂古特行禮。

「好久不見，艾伯。聽說你從去年開始在賽林．格魯克的夢境製作社工作。」

達樂古特跟陌生男子握手後，來到佩妮和毛泰日後面的座位。

「你們兩個都及時搭上車了啊！真是太好了。」

達樂古特一邊開心地打招呼，一邊將紫色雨傘上的雨水甩到列車外面。正想坐下來的時候，準備出發的列車突然緊急煞車，所以他的身體也跟著劇烈晃動。

四隻夜光獸晃著龐大的身軀，正往這邊跑過來，每一隻全身都遍布藍毛，還抱著跟自己的身體一樣大的洗衣籃。

「請遵守時間，早點出門。」

列車長指責夜光獸。

夜光獸也不用另外檢查出入證件。他們從洗衣籃拿出洗滌物，堆疊在空位上，接著將空籃子疊起來，倒掛在最後一排座位的椅背上。洗滌物看起來很重，看來洗衣所的工作不如想像中的輕鬆。佩妮開始擔心阿薩姆是否知道這個事實。特別藍的夜光獸（應該是歲數很大）前腳大力拍打彷彿下一秒就會掉到列車外面的洗滌物，把它弄平。

列車持續前進，勤快地在軌道上飛奔。搭上列車的毛泰日興奮地動來動去，而佩妮則是整個人牢牢貼在座位邊邊上，肩膀因此逐漸被隔板邊緣所凝結的雨滴給弄濕。過了一會，當通勤列車遠離市區，再也看不到其他車輛的時候，朝前方延伸的軌道突然在視野中消失了。列車終於來到佩妮只從遠處眺望過的那個眩嚇坡。不曉得坡度有多斜，完全看不到往下展開的下坡路。

列車愈來愈接近下坡路，佩妮的手掌心也不自覺地開始出汗，突然覺得這個沒有手把或安全護欄的老古董雲霄飛車很不可靠，夜光獸的洗滌物彷彿快要掉下來了。

「這……這樣也沒關係對吧？」

毛泰日的不安嗓音增添了幾分緊張感。

佩妮看到前面的列車長拿出腳下的小瓶子，打開把手旁邊生鏽的蓋子，倒入瓶子中約一半的液體。列車隨即咯噔一聲！在進入下坡路之前急遽降速。然後輪子像是被什麼抓住一樣，小心翼翼地慢慢往下行駛。佩妮看到列車長拿出來的瓶子上寫了「叛逆」，並覺得他把用量控制得很好。

列車停在長長的下坡路盡頭，一行人現在進入了巨大岩壁之間的山谷中。

「現在是七點十三分，本停靠站爲『夜光獸洗衣所』。欲前往造夢園區的乘客請待在位置上，不要下車。列車即將出發。」

「洗衣所？洗衣所在哪？」

佩妮左顧右盼，坐在後面的達樂古特於是輕拍她的肩膀。

「佩妮，看看後面。」

在他們下來的軌道旁邊有一個被打通的巨大洞窟入口。帶著洗滌物的夜光獸一下車就走向洞窟那頭。歪七扭八寫著「夜光獸洗衣所」的木頭招牌岌岌可危地掛在岩洞上面。

「毛泰日，洗滌物在那種地方晾得乾嗎？」

「又不一定要靠陽光曬乾，應該有性能很好的烘乾機吧。」

毛泰日滿不在乎地回答。他對洗衣所沒有興趣，正盯著前方岩壁上窗戶般大的凹洞。爲了看個仔細，眼睛瞇成一條縫。

「那個凹洞裡面好像有人。」

夜光獸全部都下車之後，列車往前行駛了三十公尺左右，那個凹洞方才露出完整的樣貌。

那是一間在岩壁上挖洞建成的小賣鋪，但看不出是在本來就凹陷的空間上加蓋的，還是特意在岩壁上挖洞建造的。菜單看板掛在小賣鋪所在的凹洞兩邊，材質跟洗衣所的招牌差不多。

列車長做著其他事情，等乘客挑好小賣鋪的商品。

「水煮蛋、報紙、簡單的零嘴都有。」

坐在小賣鋪裡的老闆朝列車乘客大喊，乘客紛紛爭先恐後地下單。

「我要兩顆雞蛋和一份報紙。」

小賣鋪老闆在長竿子末端的籃子裡放入雞蛋和報紙，準確地伸到下單的客人面前。乘客把錢放到籃子中，老闆收回長竿，一氣呵成地完成交易。

「妳看，有個叫做『星期一症候群退散藥』的東西，看來是新出的保健飲品。」

毛泰日掃視菜單時，對棕色瓶子裡的飲料顯露出興趣，達樂古特於是自掏腰包要買給他們。

「你們要各喝一瓶看看嗎？」

「沒關係嗎？」

「當然沒關係。老闆，我要兩瓶『星期一症候群退散藥』，還有一份報紙。」

其他人也跟達樂古特一樣，都買了一份報紙。奇怪的是，大家翻開報紙看完最後一頁就馬上收起來了。達樂古特也是看完最後一頁的報紙便闔上了。

「達樂古特先生，我也想看報紙。」

佩妮迅速接過報紙，翻到最後一頁，發現有一張紙夾在裡面。那張紙上寫滿造夢園區內所有餐廳的當週菜單。

「看來大家買報紙是爲了事先瀏覽午餐菜單。竟然利用菜單綁售報紙，這個生意手腕眞是高明。」

佩妮邊說邊把報紙推向毛泰日那邊。

「不僅手腕高明，還很狡猾。妳看，因爲知道大家只會看菜單，所以綁售的報紙都過期好一段時間了。應該是重複利用賣剩的報紙。」

毛泰日眉頭深鎖。

他毫不留戀地折好報紙，還給達樂古特，拿起自己那罐「星期一症候群退散藥」。外觀和普通保健飲品一樣的深色瓶子裡裝著濃稠液體。

「蓋子上寫了『飲用時請想像，今天只要上班一天就能放三天連假』耶。」

毛泰日說完話便喝光一整瓶。

佩妮也跟著轉開「星期一症候群退散藥」的蓋子。她的蓋子上面寫的是「飲用時請想像，部門經理今天不會來上班」。從貼在瓶身側面的成分標示貼紙來看，飲料只含有一丁點的情緒，像是「〇．〇一%的解脫」或「〇．〇〇五%的安心」之類的。佩妮猜想應該只有蓋子上的訊息不一樣，但成分都是相同的。

佩妮心想就當作是被騙好了，她喝掉一大口，努力按照指示想像那個根本不存在的部門經理，但經理不會來上班的愉快心情卻沒那麼容易被勾起。類似解脫的情緒如煙霧般朦朧，瞬間浮現後隨即消散。

「就算這個有效，應該也只有安慰劑的效果。」

「星期一症候群果然無藥可醫。」

毛泰日語氣嚴肅，就好像開悟的修行者一樣。

列車再次啓程。爲了抵達對面岩壁上的造夢園區，必須爬上陡峭的上坡路。沿著斜斜的岩壁鋪設的軌道看起來就像斜架在雙層床上的梯子。

通勤列車彷彿使不出力般，在突然陡上的區段發出嘎吱響聲，甚至還爬不太上去而停了下來。列車長這次也是拿出一個小瓶子，接著打開把手旁的生鏽蓋子，倒入瓶中所有的液體之後，俐落地把瓶子丟進腳邊的桶子。列車隨即發出巨響，暢行無阻地爬上斜坡。佩妮猜那個液體應該是「信心」。

「佩妮、毛泰日，快看前面，我們終於到啦。」

陡峭的懸崖和在岩壁上展開的壯麗風景慢慢出現。毛毛雨也完全停了，所以列車長收起隔板。穿透蔥郁樹林的陽光照射到臉上，亮度恰到好處，並不會過分刺眼，稍微被雨水淋濕的泥土味也隨之撲鼻而來。

「哇！比我想像中的還要廣闊好多。到底有多少人在造夢園區工作啊？」

比足球場還大的中央廣場在他們面前出現。車庫裡停了很多輛穿梭於造夢園區的通勤列車，那裡的保全人員正在逐一檢查下車乘客的出入證件。

猶如護衛般豎立在造夢園區兩側入口的莊嚴銅像擺出宣誓姿勢，在列車駛入車庫的一路上，可見石地板上刻了字體莊嚴的簡短宣誓詞：

謹在此虔誠發誓，我們身負珍視眾生入睡時光之使命，

將抱持敬畏與尊敬之心，善待他們的光陰。

抵達車庫後，列車緩緩停下，列車長開始廣播。

「列車已抵達夢境產業重鎮——造夢園區。欲前往投訴管理局、測試中心或美食街辦事的乘客請在此下車，徒步前往。欲前往夢境製作社上班的乘客請另外轉乘外圍的列車。請仔細確認隨身物品並攜帶下車。」

列車上的乘客開始接二連三地拿外套或揹包包。佩妮、毛泰日和達樂古特也一起下車了。踏上中央廣場的那一刻，佩妮轉了三百六十度，目不轉睛地看著環繞自己的景象，毛泰日也跟她一樣。

站在廣場正前方放眼望去，從中央到外圍，包含入口和車庫在內的各個建築物，沒有一處的設計是平凡無奇的，全都花枝招展地展現各自的魅力，與達樂古特夢境百貨那種古典又跟周圍街道融爲一體的內斂設計相去甚遠。

通往中央的馬路邊有幾間應該是餐廳的低矮建物，而位於中央廣場正中心的大型建築物外觀獨特，引人注目。達樂古特一邊帶路，一邊指向那座建築物。

「那裡就是我們要去的地方。」

「長得像樹墩的那個地方嗎？那裡就是投訴管理局？」

「沒錯。」

如果不知道他們要去的地方就是投訴管理局，佩妮肯定無法從外觀猜出那是做什麼的地方，因爲那個建築物跟她心目中的一般公家機關很不一樣。

投訴管理局的外觀形似全世界最大的樹木被斧頭砍倒所剩下的樹墩。要不是看到進出門口的人，實在很難辨別那是不是建築物。而且上方還有好幾個五顏六色、房屋大小的貨櫃。那個造型眞的很奇怪，像是被颱風吹來的貨櫃屋偶然掉到了樹墩上。

「達樂古特先生，投訴管理局上面的那個貨櫃也是同一棟建築物嗎？」

佩妮小碎步跟上並問道。

「那個是測試中心。是讓夢境製作社做出的夢境在正式上市之前，進行各種測試的設施，上市之後有問題的話，也是在這裡做測試。像我們這種銷售業者有時候也會跟製夢師約在測試中心開會。雖然入口是同一個，但是進入之後，妳會發現測試中心跟投訴管理局劃分得很清楚。別看它外觀長這樣，內部做得還不錯，可以搭電梯前往。」

雖然佩妮一副很想進去看看的表情，但達樂古特斬釘截鐵地開口說：

「我們今天只會去投訴管理局。是說，毛泰日人呢？」

達樂古特左顧右盼。

毛泰日脫離前往投訴管理局的方向，正在偷看周遭分成好幾排在排隊的人。每列隊伍最前方的標誌牌寫著「賽林・格魯克影像」「查克・戴爾工作室」或「吻格魯戀愛學概論」等等，顯示列車即將前往的是哪間公司。還可以看到從中央廣場往外延伸得更遠的軌道，而林立於盡頭的各樣建築物環繞住半個廣場。

「那些在外圍一字排開的建築物全部都是夢境製作社，對吧？每一間都長得不一樣耶。」

佩妮睜大雙眼說話。從遠處看過去，也能看出這些建築物無論是建築風格，還是使用的建材都迥然不同。

「沒錯。因為每一家夢境製作社的風格都很明確，所以就沒採取統一的建築設計。但是像這樣隨心所欲建造的景色，發展開來反而很美，不是嗎？」

這些夢境製作社一個個都魅力四射，讓人目不暇給，感覺就像同時播放了好幾部看點豐富的電影。那一棟棟的建築物竟然是製造多采多姿夢境的公司，佩妮忽然覺得自己來到了很了不起的地方。

「哇！快看那棟建築，上面寫著大大的『查克．戴爾工作室』。那裡就是製作奇異夢境的查克．戴爾的夢境製作社吧！」

毛泰日提高嗓音。

三人站在原地，望向毛泰日指著的地方。

那是一棟有如罕見藝術品的建築物。曲線流暢大膽的建築物下層是低彩度的紅色，中層和上層部分則是讓陽光直接穿透而過。佩妮覺得建築物本身很像殘留一口紅酒的酒杯。

「達樂古特先生，旁邊那棟建築是哪間公司啊？就是看起來某一邊屋角飛走的殘破公司。」

「那是『賽林．格魯克影像』。妳應該知道賽林．格魯克是誰吧？」

「當然知道，是提供我們三樓那些奇幻或重磅電影般的夢境的供應商嘛。」

「啊哈，原來那裡就是賽林．格魯克的夢境製作社。」

毛泰日對此很感興趣。

「五樓折扣區一堆賽林．格魯克的『地球毀滅系列』夢境。老實說，我覺得地球毀滅的夢已經退流行了。」

賽林．格魯克的夢境製作社是十層樓高的建築，頂層的某一邊設計成屋角飛走的樣子，就像遭到敵人襲擊一般。而且色彩斑斕，彷彿用超大枝的噴漆槍上色過，給人一種緊張感，好像員工才進公司就會展開賭上全體午餐的生存競賽。

賽林．格魯克夢境製作社的隊伍盡頭，站了兩個滿面倦容的人。左邊那個人雙手抱滿影像資料和紙團。

「爲了新作品會議，我在一個禮拜之內看完了這些電視劇和電影。」

「你有用六倍速看過嗎？習慣之後，很神奇的是臺詞全部都能聽得見。」

同行的另一個員工認眞地給予建議。

「謝謝，我下次試試看。唉，如果這次又提議要做殭屍類的新品，老闆應該不會放過我……但我只想得到出現殭屍的夢啊。有沒有什麼更具創意的地球毀滅片啊？」

「我也是，除了外星人入侵，什麼也想不到。這次稍微調整了一下，但是不知道能不能過關。聽說隔壁部門的艾伯正在準備整個世界被鹽沙漠覆蓋，所有生物慢慢被醃浸至毀滅的夢境。我眞擔心他的前途啊。」

老闆是賽林．格魯克的「賽林．格魯克影像」夢境製作社，專門製作災難鉅片或變身爲超級英雄對抗外星人入侵等電影般的夢境。上班時間可以看電視劇或電影，簡直等於是拿薪水看免費電影，所以格外令人羨慕。但是看看剛才那兩個面露疲態的人，這份工作又談何容易呢？

兩人坐上剛抵達的列車。載運他們到夢境製作社的列車比佩妮搭乘的通勤列車還要樸素，但顏料跟格魯克的建築物所使用的完全一樣，塗得花花綠綠的，所以有種跟建築物搭配成套的感覺。

佩妮津津有味地聆聽他們的對話，差點也跟著走上車。

「我們不用搭列車。好啦，快走吧。」

毛泰日悄悄站在前往查克．戴爾的列車隊伍中，達樂古特同時輕輕拉住佩妮和毛泰日兩人的衣襬，但他倆的雙眼卻離不開夢境製作社，無奈只得撇嘴走向投訴管理局。

離投訴管理局夠近的話，便能立刻發現那不是眞的樹墩，而是以人造樹紋還原的建築物。入口處不斷迴旋的旋轉門顏色跟木皮一模一樣。兩名身穿睡衣的客人和佩妮同時通過旋轉門，某個男子穿著會在瑜伽教室看到的服裝走上前來迎接他們。那套窄身綠色服裝上身跟下身的材質都是柔順又帶有垂墜感，還有一隻小草蟲輕輕從男子的手背上爬過。

「投訴受理處在這邊。一路上辛苦了。」

員工先親切地接待穿睡衣的客人。他態度舉止恭敬，語氣溫和，感覺上像是滿腹怨氣也能被這番接待瞬間化解。確定其他員工替走遠的客人指路之後，綠衣男子這才回頭看達樂古特一行人。

「達樂古特先生，您好。我是投訴管理局的帕拉克，我來替各位帶路。」

這名自稱帕拉克的員工語氣比剛才生硬。那極爲明顯的態度落差讓佩妮不太舒服，而毛泰日忙著環顧建築物內部，所以沒怎麼察覺到。

投訴管理局內流淌著緩和的古典樂，放了許多大花盆，就像剛開幕的商店一般。不僅如此，連小裝飾也都是舒緩眼睛的綠色，讓人不禁懷疑帕拉克那一身綠衣服是不是內部服裝規定。難道是合宜舒適的溫度、濕度和四面八方放置的綠色植物發揮了力量？這個地方讓人很放鬆，跟想像中一板一眼的公家機關很不一樣。

「這邊請。逐一經過此區的話，就能看到位於盡頭的局長室。」

「這裡好像是度假勝地會出現的森林瑜伽教室。看起來很不錯耶？可是為什麼樓管都說不想來這裡呢？」

毛泰日手貼在佩妮耳邊說悄悄話。

帕拉克帶頭走向中央電梯的右邊。安裝了玻璃門的走廊入口貼著斗大的告示牌。

第一階段投訴受理處——夢兆異亂者

「第一階段投訴……難道還有第二、第三階段嗎？階段愈高愈嚴重？」

毛泰日停在玻璃門前，指向告示牌

「沒錯。如果說第一階段的投訴是睡不好覺的程度，第二階段就是不舒服到會妨礙日常生活，而第三階段則是覺得做夢本身很痛苦。第三階段是負責第一、二階段的員工無法處理，由局長親自管理的投訴內容。」

帕拉克對答如流並推開玻璃門。

投訴管理局內部的走廊往逆時針方向蜿蜒，沿著這條路走一圈的話，似乎會回到中央電梯前面。

走廊的左右是一整排會在銀行或公家機關看到的窗口。不過，有一點不一樣的是，投訴者和員工不是隔著桌子面對面，而是像好朋友般並肩坐在一起。所有員工都穿著跟帕拉克一樣的綠衣服。

「怎麼會這樣……啊……原來如此。您一定很辛苦吧。」

最靠近的窗口恰好傳來員工溫柔安撫投訴者的聲音，身穿鮮艷花紋睡衣的客人坐在他旁邊激烈地述說。

「還有，昨天晚上我夢到被壞人勒住脖子！我當然是掙扎著求饒。幸虧我瞬間從夢中醒來，原來是我養的貓壓著我的脖子，蜷縮成一團在睡覺！」

「啊，夢境根據您的實際情況發生了變化……」

窗口員工單手扶額頭，神情嚴肅，彷彿是自己的事情一樣。

「一開始應該不是被勒住脖子的夢。是潛意識啓動防禦機制，試圖喚醒您，破壞了夢境內容……這是挺常見的現象。雖然您應該很辛苦，但是試著把貓咪和睡覺空間分開來怎麼樣呢？」

下一個投訴窗口、再下一個投訴窗口，全部坐滿抱怨夢境的客人。

有個客人語氣激昂，連隔壁窗口的人都不禁瞧一眼，看看發生了什麼事。

「我最近因爲這個眞的快瘋掉了。早上醒來之後，我明明走到浴室洗澡，甚至還穿好衣服、鞋子，悠哉地出門了！可是回過神來，才發現我竟然還在睡覺。當我打開蓮蓬頭，碰到水滴時，卻不覺得通體舒爽，沒有精神爲之一振的感覺。雖然我覺得很奇怪，但還是繼續認眞洗澡。洗著洗著……那果然又是在做夢。就這樣連續做了將近十次起床準備出門的夢……」

窗口員工一邊認眞抄下客人的話，一邊忐忑不安地翻閱手冊。可能是新進員工吧，神情慌張，旁人看了都替他捏一把冷汗。

「這裡讓我覺得自己好像做錯了什麼事一樣。」

毛泰日悶悶不樂地低聲嘀咕，往前走的時候，他原本就縮著的圓肩又變得更加圓拱了。

帶路的帕拉克雙手放在背後，走得非常慢。佩妮低頭走路，就怕一不小心踩到他的腳後跟。達樂古特走在最後面默默跟著，既沒有加快腳步，也沒有多說什麼。

經過幾十個窗口後，終於出現通往第二階段投訴受理處的玻璃門。

第二階段投訴受理處——夢兆不祥者

這裡的構造與第一階段受理處差不多，但是四處貼滿「怒火控制呼吸法」的海報，每個窗口都放了兩公升的「營業用鎮定糖漿」，彷彿少了加糖漿的茶飲就沒辦法順利諮商的樣子。

不曉得是不是因爲那樣，這裡的投訴者語氣比第一階段受理處要冷靜一些。

「做夢的時候，場面會不停地轉換，但是空間轉換方式太荒謬了。想從窗戶走到外面的話，得從三層樓高的地方跳下去。想逃離可怕的人，就得跳海。前面明明是火坑，我卻是光著腳板走過去。每次做夢總是把我搞得筋疲力盡，導致早上的工作做起來很不順手。也不知道是在夢裡有多緊張，有時候我甚至會覺得全身有如遭毒打一頓的疼痛。」

穿著寬鬆長袖T恤的客人一邊喝茶，一邊沉著地抱怨。

「那都是手藝不成熟的製夢師和不管三七二十一就亂賣夢的銷售業者的錯。您什麼錯也沒有。就算是在夢裡，對於不自然的情況或危險，我們還是會出於本能地抗拒啊。他們竟然漠視這最基本的可能性，勉強在夢裡塞入那樣的情節……製作夢境的人、任意販售的人都太沒有責任感了。」

「沒有責任感」這幾個字一清二楚地傳入經過窗口旁邊的佩妮耳朵裡。

「那位員工說話好像有點過分，怎麼能說沒有責任感呢……實際上沒有引起情緒反應的夢，我們是不會收夢境費的。」

佩妮鼓起勇氣開口。帶路的帕拉克忽然停下來，轉身看向佩妮。

「說得好像你們是在做善事一樣。」

殺氣騰騰的回話令佩妮頓時不知道該說什麼，勇敢接話的人反而是毛泰日：

「不是說我們做了什麼善事，而是因爲有人製作各式各樣的夢，有人負責販售那些夢，客人才能在入睡的時間擁有多元的選擇啊！」

「意思是少了你們，客人就買不到夢境，所以想買的人就不要抱怨嗎？分明有些人因爲夢境而感到疲憊，你們竟然還是這麼想？你們一看就是在嘻嘻哈哈、氣氛良好的百貨裡無憂無慮工作的人。」

帕拉克保持溫和的表情，言語卻很犀利。

佩妮這才想通帕拉克爲何會對他們三人表現出微妙的生硬態度。天天湧入的投訴累壞了這裡的員工，所以埋怨的箭頭最終指向了一切的源頭，也就是夢境銷售業者和製夢師。

「我這輩子第一次來到這麼令我不舒服的地方。」

毛泰日噘著嘴巴碎碎念。佩妮在夢境百貨工作遇到的都是主動來買夢的客人，現在突然碰到相反的情況，忽然覺得腦袋一片混亂。

經營的糖果鋪受到小朋友的熱烈支持，糖果鋪老闆本人卻跑到滿是牙科醫師的場合，聽他們一個一個抱怨，現在就是這樣的感覺嗎？佩妮總算明白莫格貝莉爲什麼會說不想來投訴管理局了。

一行人終於離開接待處，抵達最裡面的局長室。局長室的門關著，一個像是才剛談完走出來的人，拿著文件信封跟達樂古特打招呼。那是佩妮也很熟悉的面孔。

「格朗豐，你的氣色又更好了。」

達樂古特握住這名身材矮胖、雙眉濃密的男子的手，高興地問候。

「因爲我不論是在夢裡，還是在日常生活中，都吃得很好嘛。」

他是又名「主廚格朗豐」的製夢師。格朗豐在自己的店裡同時販售眞實的食物和「享受美食之夢」，莫格貝莉是他的常客，所以佩妮也在她的介紹之下拜訪過。雖然享受美食之夢比吃眞實的食物還要貴上許多，但是減肥的時候，沒有什麼比得上他的夢。

「連你也會被投訴？」

達樂古特指著格朗豐手上的文件信封。

「投訴內容應該是做完吃東西的夢醒來之後變得更想吃，所以減肥失敗，或是因爲再次體會到吃美食的幸福，所以失去減肥欲望吧。每次都差不多。」

格朗豐豪邁地哈哈大笑。

跟他打完招呼之後，三人又等了一會。

「在先來的人談完之前，請各位稍候片刻。那麼，我先走一步了。」

帕拉克把他們帶到這裡之後，就去接待其他人了。

沒過多久，局長室的門打開了，一群矮精靈振翅飛出來。是製作「飛天夢」的矮精靈。他們人手各拿一頁文件，邊飛邊看。投訴文件做得非常小，好讓他們也能閱讀。矮精靈不滿地嘮叨個不停，飛來飛去，差點撞到達樂古特。受驚的矮精靈凌空翻了一個跟斗後，快速從三人視野中飛離消失。

三人終於走進敞開門的局長室。室內有股芳香精油的香味和被水浸透的木頭味。一眼掃過去，整個空間是達樂古特辦公室的三倍大。

「快請進。我是投訴管理局局長奧綠芙。」

身穿筆挺深綠色西裝的女子從位置上站起來，跟達樂古特握手。局長的手指甲塗了跟她的名字很搭的淺橄欖綠色。

「我是經營夢境百貨的達樂古特，他們是在我店裡工作滿一年的員工。」

「初次見面，我叫毛泰日。」

「您好，我是佩妮。恭喜您當上局長。」

「謝謝，請坐。各位一大早就來了呢。二位應該是第一次搭通勤列車，感覺怎麼樣？乘車體驗還好嗎？」

投訴管理局局長奧綠芙露出和藹的表情。

「是，體驗非常好。雖然隔板拉下來的時候有點害怕。」

佩妮回答時一面環顧奧綠芙的辦公桌四周。她的座位對面掛著相框，裡面放了精挑細選的簡歷，最後一行是「於第二階段投訴受理處服務三十年」。

「如果有我們夢境百貨附近其他商店的投訴案件，我可以替他們拿回去。如您所知，大家都很忙，不太方便來這裡。」

「噢，您願意幫忙嗎？人眞好呀。」

小孩。

奧綠芙擺出誇張的感謝表情，那個神態和語氣就像經驗老道的教師在哄難纏的

「好，現在可以拿出投訴我們夢境百貨的案件了。應該不只一、兩件吧？有點緊張呢。」

達樂古特說道。

「件數不是很多。發牢騷說『怎麼會做這種夢？』的投訴案件大部分都由投訴管理局內部自行解決了。要給您的文件已經按照樓層分類好了，所以確認起來應該很方便。您看看吧。」

達樂古特打開局長給的文件信封，上頭寫了「達樂古特夢境百貨」。

「這是給三樓莫格貝莉的，這是給四樓史皮杜的。這次沒有二樓的耶。這個是投訴五樓的，大部分都是對品質感到不滿意。」

「可是很便宜啊。期待打兩折的東西完美無缺，這很矛盾耶。而且我們不會強行販售折扣商品給客人。聽到下殺折扣就想買回家的本能誰阻止得了？」

毛泰日聳聳肩。奧綠芙不悅地瞧了一眼毛泰日。

「還有挺嚴重的案件……是這兩個投訴啊。」

達樂古特抽出兩頁文件。

「投訴人：一號老顧客」這幾個字出現在頭一張文件上，對此產生興趣的佩妮雙眼發亮。

「這個由我來解決比較好。」

達樂古特把紙折起來，放入大衣口袋的深處。

「還剩下一個……嗯，這個也很棘手。」

達樂古特也把第二張紙折起來，正要放入大衣的時候，突然想到什麼，又攤開紙張拿給佩妮。

「佩妮，妳要不要負責這個投訴案件看看？投訴內容跟一樓前檯有關。如妳所見，我要做的事情很多。」

「是爲了準備先前談薪水時提過的那個活動嗎？」

「對，如果妳願意接下的話，我應該可以放心交給妳處理。」

「可是……您不交給薇瑟阿姨處理，而是讓我來？」

「妳不是說今年的目標是把老顧客找回來？那樣的話，就讓妳試試看吧？」

投訴等級：第三階段——對做夢本身感到痛苦

收件人：達樂古特夢境百貨

投訴人：七九二號老顧客

「為什麼連夢境也想要從我的身邊奪走？」

＊本報告乃根據投訴人睡夢期間語無倫次的證詞撰寫而成，因此包含當事人的部分個人意見。

沒想到達樂古特交給佩妮的案子是第三階段的投訴。

「投訴內容很短呢。」

不知所措的佩妮瀏覽投訴內容的時候，達樂古特向局長如此說道。

「第三階段的投訴案件有點棘手對吧。如果受理的當下我是局長的話，應該會記錄得更詳細，看來前任局長不太喜歡仔細做紀錄。不過事情的來龍去脈，達樂古特先生應該很清楚。還有投訴管理局沒辦法替這位客人做什麼，這一點您想必也知道。」

「嗯，應該吧。」

「是誰想要從這位客人的身邊奪走夢境呢？」

跟佩妮一起瀏覽文件的毛泰日忍不住好奇心，插嘴詢問。

「不是那樣子，沒有人做過那種事。」

眞奇怪，如果是第三階段的投訴，那應該是做夢這件事本身令人痛苦，但內容卻是「別奪走夢境」……這話眞是前後矛盾。

佩妮拿著謎語般的投訴文件，陷入思考。

在返回市區的列車上只有佩妮和毛泰日兩人。達樂古特在造夢園區還有其他事情要辦，所以叫他們先回去之後就跟兩人分開了。

達樂古特給的第三階段投訴文件，佩妮仔細看了許久，然後邊嘆息邊看向毛泰日。

「我實在搞不懂客人爲什麼不想做夢！這問題眞的能找到答案嗎？」

「我也不清楚。一步一步推敲看看吧。買夢境就跟買其他東西一樣啊，就像挑選美食或購買要在週末玩的遊戲。」

「是啊。」

「佩妮，說不定『夢境被奪走』這句話的意思是『雖然眞的很想做夢，但是沒有想要買的夢境。』回想看看妳買東西的時候，上一回走進商店又空手出來是什麼情況？」

「當然是因爲沒找到我想要的東西啊。可是光我們百貨店就有成千上萬的夢境耶？」

「那倒也是，我們的夢境種類並不少。如果比喻成食物的話……情況應該是類似於雖然有很多美食，但是沒有病人能吃的健康食品或素食者能吃的食物？」

毛泰日說出自己歸納出的想法。

「這樣不行，眞希望能親自見七九二號客人一面。」

兩人在搖搖晃晃的列車上絞盡腦汁，卻還是想不出能讓眼前一亮的答案。

第三章
娃娃．眠蒂與寫夢境日記的男子

男子決定今天要早點入睡。在關燈的狀態下，他按住枕頭邊緣，慢慢爬到床上之後，拉開皺成一團的棉被，躺下來蓋住自己。他養的狗跟著他進來房間，腳步聲停在離床稍微遠一點的地方，隨後一屁股坐到墊子上，選好最舒服的姿勢才深深吐了一口氣。男子覺得那熟悉的呼吸聲緩解了他體內緋緊一整天的緊張感。

「待在我的房間的話，一切都很安全。」

男子每次要入睡的時候，總是很期待當天會做什麼夢。他特別喜歡做夢，今天也一如往常地閉上雙眼，在腦海中描繪想做的夢。雖然他很在意最近做夢的次數銳減這件事，但還是迫切地希望幸運會降臨在今晚的夢裡。

男子閉上雙眼，不知不覺進入淺眠。嘈雜的人群聲在入睡的男子耳邊環繞。無法熟睡的他還留有微弱的意識，很快便意識到今天也別想夢到想做的夢了。

他在感覺到人流移動的大型商店前面站了一會之後，往反方向邁開步伐。店裡的員工發現男子趕忙跟了出來，焦急地呼喚他，但是那個聲音被周遭行人淹沒，沒有傳進他的耳裡。男子就這樣慢慢陷入深層睡眠，當天晚上什麼也沒夢到。

佩妮發現站在門外的七九二號客人，趕緊追上去大聲呼喚，但男子似乎沒有聽到，瞬間消失在人群之中。佩妮平常絕對不會做出特意跑到店外喊客人進來的招攬行爲，但是她今天無法就這樣看著客人走掉。收到投訴管理局提供的七九二號客人投訴內容，已有一週的時間。這段期間七九二號客人明明都已經到了夢境百貨門口，卻是轉身就走，沒有進來。這樣的場景佩妮已經目睹三次了。

「爲什麼連夢境也想要從我的身邊奪走？」根據投訴內容來看，照理說當七九二號客人來買夢的時候，應該會有人試圖從他身邊搶走夢境，發生肢體衝突才對，但是客人根本沒有走進商店，只在店門口徘徊一陣子就立刻掉頭。這個情況實在令人摸不著頭緒。

無法坐視不理的佩妮即使是在工作途中，也會習慣性地瞄一眼七九二號客人的眼皮枰是否指向「快速動眼期睡眠」，感覺客人快要來的話，她就會跑到店外左顧右盼，確認客人來了沒。

今天又白白讓七九二號客人走掉之後，佩妮回到一樓展示櫃前，繼續做原本在做的事情。她剛剛因爲緊急追出去，把整理到一半的盒子隨便放在一旁，絆住了其他客人的腳。

「這位客人，眞抱歉，我馬上收拾乾淨。」

今天前檯的工作量有薇瑟阿姨一個人應付就夠了，所以佩妮負責整理展示櫃。雖然手很忙，但她滿腦子想的都是七九二號客人。

「爲什麼不進來就走掉了？是因爲像毛泰日說的那樣，沒有想做的夢？如果我們店裡的商品目錄有問題的話，那來到這裡的客人和那些暢銷夢境又是怎麼回事？難道是七九二號客人的喜好突然變得很特別？」

光顧著思考七九二號客人的事情，佩妮平常該做的一樓工作已經堆積如山，現在得先替零星空出來的商品展示櫃補貨。

在主要販售珍貴夢境的一樓，去年年底在夢境頒獎典禮上獲獎的作品銷售表現一飛沖天。得獎作品上貼著一張張標籤，寫上刺激客人購買欲的多位夢境評論家的簡短評價和推薦文。

大致上，寫了「大獎得獎作品」「連續三年榮獲暢銷作品獎提名」等華麗宣傳句子的標籤，都很能帶動夢境商品的買氣。除此之外，商品上貼著「得獎者推薦夢境」或「評論家一致稱讚的夢境」，也很能吸引客人的注意力。如果可以把堆積如山的夢境商品都買回去夢一遍固然好，但是對於沒辦法那麼做的客人來說，更有效率的做法是看標籤挑商品、優先選擇有推薦或有得獎紀錄的夢境，所以這種商品宣傳手法也不是不能理解。

「薇瑟阿姨，我覺得另外替娃娃．眠蒂的『生動的熱帶雨林之夢』布置一個展示櫃比較好。來找這個的客人愈來愈多了。」

佩妮對前檯的薇瑟阿姨說。

「沒關係，保持原樣就好。反正製作數量跟不上銷量，不用多久展示櫃又會被一掃而空。」

一樓樓管薇瑟伸手將垂落的紅色鬈髮往上撥，然後俐落地拿髮夾整理頭髮。

不過，在眾多受歡迎的一樓夢境商品之中，也有例外。亞賈痲・奧特拉的「成為我欺負過的人三十日體驗之夢」便是其一。雖然那個夢境還在去年的年末頒獎典禮上獲得大獎提名，銷售量卻慘不忍睹。佩妮覺得這件事情很奇怪，和傳奇製夢師的名聲十分不搭。

佩妮盡可能把奧特拉的夢拿出來擺到前面，好讓客人一眼就能看到，然後拍一拍圍裙沾到的灰塵，回到前檯。

「辛苦了，佩妮。」

「這種工作現在對我來說毫不費吹灰之力啦。」

佩妮依舊為了錯過的七九二號客人而心煩意亂，但表面上還是朝氣蓬勃地回答。

薇瑟阿姨正在替眼皮秤上油。阿姨不愧是樓管，處理前檯業務的同時，只要有空，就會來到展示櫃前面，不可思議地找出擺動不順的眼皮秤，並用心替乾掉的部分上油。

散發乾草味的油一塗上眼皮擺動的部分，形似眼皮的秤砣就順暢地上上下下擺動起來了。

「佩妮，可以幫我打開那罐小瓶子嗎？」

薇瑟阿姨用下巴示意，指出放在櫃臺上的小油瓶。佩妮打開新油瓶的蓋子，緩緩倒入寬口碗裡。

「嗯……關於七九二號客人，妳查到什麼了嗎？」

薇瑟一邊若無其事地詢問，一邊讓細刷子均勻地沾滿油。

「沒有，什麼也沒查到，毫無進展。如果客人進來的話，我肯定試著跟他搭話，但是他每次都在不遠處轉身離開。」

「嗯，這樣啊。」

「為什麼他會覺得夢被搶走了呢？這裡也沒有小偷啊。」

佩妮將上好油的眼皮秤一個一個放回原位，依舊感到不解。

「就算眞有此事，為什麼不跟我們員工說，而是直接跑去找投訴管理局呢？令人納悶的疑點不只一、兩個啊。」

「入睡客人的思考方式比平常還要直觀，會立刻做出反應。他應該是憑直覺感受到那是無法在商店解決的事情。嗯……給妳一個提示吧，他說不定早就知道那裡頭的原因出在自己身上。」

薇瑟認眞回覆，並用白布包住沾滿油的刷子。

薇瑟阿姨說得活像是她本來就知道七九二號客人的事情，而且她那麼說肯定是想給佩妮慢慢思考的機會。佩妮雖然對此很感謝，但是就連阿姨給的提示也很像謎語。

「如果原因出在那位客人身上的話，那就得想辦法了解他這個人了。可是該怎麼做呢……下次要跑過去跟他搭話看看嗎？但這樣好像很失禮……」

「現在不就能馬上查找他過去留給我們的痕跡嗎？幸虧那位客人是我們的老顧客。」

薇瑟關緊油瓶的蓋子，刻意在句尾加強語氣。

「現在能查閱的只有購買紀錄……啊！原來如此！我眞笨，怎麼都沒有想到呢？我要找找看過往的購買紀錄，說不定客人以前買的商品有問題。」

薇瑟把櫃臺交給佩妮顧，離開位置去修理擺動規律亂掉了的眼皮秤。趁客人少的時候，佩妮打開管理商品庫存、購買心得和夢境費等等項目的「夢境支付系統」軟體。一邊留意櫃臺的另一頭，看有沒有客人在找自己，一邊查閱七九二號客人的購買紀錄。

有問題的七九二號客人從幾年前開始做了很多夢，也是從那時開始被登記為夢境百貨的老顧客。

要說有什麼特別之處的話，那就是他尤其喜歡娃娃．眠蒂的夢。最後一次購買的夢境是去年年末頒獎典禮上拿下美術大獎的「生動的熱帶雨林之夢」，而這個夢境以美麗的自然景觀為背景。

瀏覽購買目錄的佩妮非常羨慕這位客人。竟然做過那麼多娃娃．眠蒂的夢……可以用情緒買夢的客人眞叫人嫉妒。傳奇製夢師製作的夢境比其他夢境貴上好幾倍。要是她花零用錢買下娃娃．眠蒂的夢，說不定得連著好幾個月餓肚子。不過，站在百貨店的立場來說，一點也不吃虧，因為七九二號客人代替夢境費所支付的情緒，比起其他買走相同夢境的任何人都還要豐富多變。

七九二號客人不只跟其他人一樣會支付「舒適」「驚訝」或「神祕」等情緒，更怪的是紀錄顯示在做完「生動的熱帶雨林之夢」後，他還支付了少量的「失落」。「失落」？這情緒跟那樣的夢境好不搭。他為什麼會感受到如此複雜的情緒？

佩妮抱持最後一絲希望，開始翻看做夢心得。客人的心得通常都只有簡短的一句話，只是簡單寫下做完夢的感受而已。

像是「好像才剛睡覺，這麼快就天亮了？」「好像做了一場美夢，但是想不起來。」「這是什麼夢啊？是不是該去買一張彩券？」等等，大部分都是看過就好的心得，所以她不太常仔細查看。

佩妮點開客人最後一次購買的「生動的熱帶雨林之夢」心得，沒想到那是一篇日記形式的長篇心得。

二〇二一年一月十五日

很想留下此刻的情緒和感覺。

以前總覺得天空好藍，山林青翠，但那是多麼不一樣的青色？

在夢中看到的熱帶雨林栩栩如生，時時刻刻都在變化，就算要我看一整天也不會膩。天空蔚藍，午後的樹葉或黃或綠，凝結露珠的草葉碧綠澄澈，所有大自然原有的青色盡收眼底，同時又能逐一區分開來，真是令人激動。

我所看見的世界真的有這麼美嗎？

最近偶爾在夢裡也看不到，好害怕，痛苦到害怕入睡。已經被奪走許多東西的我，從未想過連夢境也會被剝奪。

我還沒有做好心理準備。

不，就算做好心理準備，也還是很難接受。

如果像在電影或小說中看到的那樣，真的有造夢的人存在，請讓我能夠繼續做夢吧，拜託了。

不要連夢境都從我身邊奪走。

七九二號客人的最後一行夢境日記跟投訴內容一樣。佩妮現在隱約可以猜到客人的處境了。

男子一醒來就抬起上半身，伸手開電燈，感覺到房間明亮多了。他的視力雖然不足以分辨物體，但可以非常微弱地分辨明暗。男子伸展了一下身體後，摸摸床下他養的狗螢螢，然後走到廚房，取出每次都放在冰箱裡同個位置的水來喝。手法嫻熟，無需他人協助的一連串順暢過程撫慰了昨晚的遺憾。

男子一邊喝冰水，一邊重新回想昨晚的記憶。昨晚在夢裡好像也是什麼都沒看到。如果他沒記錯的話，最近愈來愈常碰到在夢裡也看不到前方的情況。

因爲六年前一場來得很急的病，男子失去了大部分的視力。在經歷那件事之前，他並不知道大部分的視覺障礙都是後天形成的，而是籠統地以爲失明的人都是天生如此。就跟大部分「看得見世界」的人一樣，對男子來說，看得到前方是再基本、再理所當然不過的能力，不需要列入自己擁有的能力之中。所以剛開始被診斷出疾病的時候，男子還覺得說不定這場病一週後就會自行痊癒。但是聽醫生解釋完爲什麼現在看不到，還有就連以後也會看不到，他不得不接受現實。

周圍的人都說他精神強大，男子也覺得如此冷靜理性的自己很奇怪。有時候人受到的衝擊太大，反而會一下子清醒過來，專注於該做的事情上面，當時的他便是如此。不過他的家人很難過，傷心得像是連他那份悲傷也一起帶走了。

現在回過頭想想，似乎是他的身體爲了保護陷入險境的自己，迅速隔絕了生存所不需要的其他因素。或許他的身體很清楚，當時那種情況下對生存造成最大威脅的正是他本人的情緒。

男子開始拚命去學習日後得適應的事物，以免整個人深陷在茫然與絕望之中。他得從練習走路開始，學著練習拿拐杖避開障礙物，學著貼牆邊走路等等訣竅。在親朋好友的協助之下，他用了比一般人短的時間，就進展到能夠獨自練習在家附近走路。

是因爲傾注了所有殘存的感覺嗎？雖然這麼說很奇怪，但是自從開始復健訓練後，他所接收到的周圍的一切明顯比以前還要更加濃烈鮮明。從家門口走到大馬路的步數、坑坑洞洞不規則的道路與斷斷續續的磚塊、住處附近的餐廳在不同時段飄出的不同味道……接收到這麼多重疊的資訊，令他不禁懷疑以前怎麼會錯過這些事物。

一個一個拾回被失明打亂的日常生活時，速度慢到有如打點字後摸索著閱讀那般遲緩，但是生活一天天好轉所帶來的成就感卻很明顯。男子覺得比起靜靜躺在屋子裡，自己更適合努力嘗試恢復日常。

即使沒有家人、沒有協助適應校園生活的學伴，他一個人能做到的事情也漸漸變多了。有一天，男子獨自走進學校內的便利店，這間店就在他練習過無數次的路線上。才剛走進約十坪大的店，他就能聽到收銀臺不停傳來掃條碼的聲音。當他邊聽著拐杖敲地板發出的聲音邊前進的時候，他可以明確感受到店裡的其他人都不曉得該如何是好。親切的人們貼在牆上，在狹小的便利商店裡讓出一條路給男子經過。一時間，他的歉意與感激油然而生，令他不敢再拖拖拉拉下去。

男子立刻走向飲料櫃。開門，在罐裝飲料上摸索，讀出代表「飲料」的點字。但品牌名稱或種類就不得而知了，大部分的罐裝飲料都只有標記「飲料」，他對這種事已經習以為常。男子記得常喝的飲料位置，所以拿出放在中間飲料櫃，高度及胸，最左邊的飲料。「這個是某牌飲料沒錯吧？」假如這麼問店員的話，十之八九會親切地告訴他。

但是男子這天所需要的體驗是「一個人也能買到想買的東西」，而且忙碌的掃碼聲不斷從收銀臺傳來，他不想麻煩獨自應付客人的店員。說得更坦白一點，這天的他希望自己的行為舉止跟視力正常的時候一樣。

以前如果看到別人很忙，男子不僅會做好份內事，還會主動幫忙別人，所以經常聽到周圍的人稱讚他是個反應快又有禮貌的好人。男子不想失去失明之前的那個自己。

那一天特別強烈的想法，竟成了接下來這一切的禍端嗎？從便利商店出來，拉開拉環，喝一小口的時候，男子立刻發現那不是自己常喝的飲料，而這段時間以來堅持下來的意志力瞬間受挫。他當然不可能知道飲料的排列方式常常變換。換作是平常的話，男子只會心想「下次要先問一問」，覺得沒什麼大不了的。

然而就在那一天，他特別強烈地感覺到自己再也無法恢復到從前；自己被奪走的不僅是視力，連同自我也跟著失去了，那股被剝奪感巨大到幾乎吞噬了他。就連向來親切和藹的鄰居們所說的「年紀輕輕眞可憐，往後怎麼辦才好啊」的字句也在他腦海裡不停重複播放，不知不覺間扭曲了他內心的想法。

「我很可憐，這點我自己最能切身體會，但經歷了種種，我不是像現在這樣走出戶外了嗎？」

男子在便利商店附近人煙稀少的階梯下坐著，扔掉手中的拐杖。正當好不容易壓抑住想要放聲大哭的情緒時，某個女子走向他。

「請問需要幫忙嗎？」

聲音的主人撿起男子的拐杖，放到他伸手可及的地方。

「謝謝。」

「我是在這間學校工作的諮商師。要是你願意的話，歡迎隨時來找我。我替你用手機錄下諮商室的聯絡方式和位置吧。」

男子什麼也回答不出來。諮商師扶了一下想站起來的他，並說道：

「因爲你的表情看起來還不如痛哭一場比較好，所以我才那麼說的。無論是誰露出那種表情，我都沒辦法就這樣視若無睹地走過去。」

諮商師送男子離開學校。回家的路上，他開始思考自己只能過著受人幫助，並對此心懷感激的人生，到底有什麼意義。

我能爲了別人而成爲怎樣的人？在別人的眼中我是怎樣的人？是盡可能融入社會，自立自強，不會妨礙到他人的人嗎？還是努力不造成家人負擔的人？那樣就是度過餘生最好的方式嗎……？沒想到「最好」的基準會降得如此低，那些對別人而言全都是再理所當然不過的事啊。

回到家裡之後，男子整整睡了兩天。

他很高興對每個人來說睡覺是很平等的，是只要閉上眼睛就能做到的行爲。男子很快就發現他在夢中還是可以看到東西，那對他來說宛如援救。夢境甚至比現實世界還要美麗。順利度過一天的話，入睡的時候就又可以做夢，這對男子來說，是清醒時刻的唯一浮木。

時間過去，男子遇到了導盲犬「螢螢」，並定期去找不久前給予協助的諮商師進行諮商，慢慢做出改變，迎接新生活。

但是最近有些日子就算是在夢裡也看不到東西，男子很難接受自己竟然還有東西會被奪走。夢也是基於回憶所形成的，所以當看不見的日子愈多，在夢裡也看不到的情況也就愈常發生。男子盼望自己是個例外。

超過平常入睡的時間已經好一會了。明天依舊要往返於學校和家中，還要去定期拜訪的諮商室。導盲犬螢螢彷彿知道他的行程，在他的腳邊吠叫。

「你是問我怎麼還不睡？嗯，現在就睡吧。螢螢，晚安。」

螢螢很快地呼呼入睡，男子也幾乎在同一時間睡著。

男子今天在夢中有導盲犬螢螢的陪伴。螢螢在他的腿邊磨蹭身體，告訴他自己就在旁邊。遺憾的是今天也看不到前方，還是入睡前那個樣子。

失望的男子本想跟昨晚一樣轉身離開，但有個人匆忙地叫住他。

「等一下，七九二號客人！」

「嗯？是在喊我嗎？請問妳是？」

稱呼男子爲七九二號客人的聲音主人一路跑過來，氣喘吁吁。

「我是在『達樂古特夢境百貨』工作的佩妮。」

「夢境百貨？找我有什麼事嗎……？我今天這個狀態不想買夢。」

「夢不買也沒關係，但是想見您一面的人正在店裡等候。拜託了，請去見見他們，是您也會喜歡的人。」

「雖然不知道妳說的是誰，但我看不到他們。」

「那個眞的沒關係。他們說很想跟您談談。嚴格說起來，也不是完全不認識的人。不介意的話，請讓我扶著您的手臂，替您帶路。」

男子的導盲犬螢螢不但沒有產生戒心，反而還開心地輕晃尾巴，拍打他的膝蓋。

「不是什麼危險的人吧？」

「您的寵物狗也一起來了呀，牠叫什麼名字？」

「是跟我如影隨形的導盲犬螢螢，是用螢火蟲的螢來幫牠取名字。」

不曉得是因爲這名叫做佩妮的員工很會帶路，還是他的步伐早已記住前往夢境百貨的路，男子順暢無阻地走進夢境百貨。

某處傳來不少人潮聚集，竊竊私語的說話聲。

「你剛剛看到娃娃．眠蒂了嗎？她進去那間員工休息室了，本人更美耶。」

「那要是碰到踢克．休眠呢？我在他面前肯定一句話也說不出來。這對情侶眞的好登對。」

人們的興奮語氣聽起來好像看到了什麼了不起的名人。

「現在要進去員工休息室，有兩個人正在裡面等您。」

佩妮打開嘎吱作響的門，把男子帶到一股溫馨深入骨髓的溫暖空間。

男子感覺到休息室還有其他人，說在等他的那兩個人確實已經來了。男子緊張萬分，緊緊貼在螢螢身邊。螢螢這次也沒露出絲毫的戒心，輕晃著尾巴，舒服地趴在男子腳邊。

「那我先出去了。不會有人來打擾，各位慢慢聊。啊，還有這個……」

佩妮放開男子的手臂，窸窸窣窣，嘶的一聲朝休息室噴了某種東西。小水滴也稍微濺到了男子的手臂上。類似木頭的香味撲鼻而來。

「這是有助於整理思緒的香水。我特別從達樂古特先生那裡借來的，希望能幫上忙。」

協助男子入座單人扶手椅之後，佩妮便關上休息室的門離去。那兩個來歷不明的人終於開口。

「七九二號客人，您好。我是製夢師娃娃・眠蒂，專門製作風景優美的夢境。」

「我是製夢師踢克・休眠，專門製作成為動物的夢。在我製作的夢裡可以變成虎鯨或老鷹。突然有陌生人說要見面，肯定嚇到您了吧？多有冒犯，還請見諒。」

「你們好，我是朴泰京。製作夢境是嗎……好酷的工作。不過，找我有什麼事嗎？你們怎麼會認識我呢？」

「我們看過您寫的夢境日記，所以知道您的存在。是我製作了您之前夢過的『生動的熱帶雨林之夢』，還記得這個夢嗎？內容是欣賞隨時間與光線移動而變化的熱帶雨林。」

或許是因爲佩妮剛才噴的木質調香水，森林場景一下就浮現了。

「啊……我想起來了！我真的很喜歡那個夢。沒錯，做完夢之後寫了夢境日記。那個您也有看過？這……這是怎麼回事……？我現在有點嚇到，覺得很不好意思。」

「不用不好意思。做完夢並寫下日記的話，內容就會傳送到夢境百貨。佩妮讓我看了您的夢境日記，我很高興，彷彿收到了寶貴的粉絲信。」

娃娃．眠蒂說。

「聽說您的眼睛看不見。是從什麼時候開始的呢？現在適應一點了嗎？」

自稱踢克．休眠的男子單刀直入地提問。

「適應得差不多了，畢竟都六年了。」

「六年很短，應該還沒完全適應吧。我生下來就沒有右腿膝蓋以下的部位，所以可以適應的期間很長，這該說是幸運嗎？」

踢克・休眠坦白地說出自己的故事。把可能會令人尷尬的話說得若無其事，是他的本領。

「您對初次見面的我還真是直言不諱。老實說，我覺得現在這個情況是有點尷尬。」

男子老實說出內心想法。

「那是因爲您醒來之後很可能就會忘記跟我們見面這件事，所以我才有辦法說得這麼坦率。這麼說有點不好意思，但我們在這裡太有名了，沒什麼可以放心傾訴的對象。聽起來可能很自私，但無論是我或娃娃・眠蒂，都需要像您這樣的朋友，所以才會不顧一切來找您。就像我們得到您的協助，您也可以盡情地利用我們，怎麼樣？」

踢克・休眠邊說邊坐正。他的座位那邊傳來椅子的嘎吱聲。

「藉由睡眠這個媒介，您生活的世界與我們的世界相連，或許這是神親切賜予的命運吧，讓我們能夠成爲無話不談的夢中好友。」

娃娃・眠蒂那聽起來具有說服力的聲音充滿了休息室。

「一覺醒來就會忘光光的人……真不錯。」

男子打開心房後，踢克和娃娃滔滔不絕地分享各式各樣的故事，就像好幾個月沒聊天的人一樣。

「我十歲的時候下定決心要當上創造夢境的製夢師。剛開始，我希望至少在夢裡可以跑步，所以製作了在無邊無際的平原縱情奔跑的夢。當年還小的我也沒有製夢執照就跟同班同學炫耀說：『要做做看我製作的夢嗎？就第一次來說，我好像做得挺不錯的。』但你知道有個人說了什麼嗎？」

踢克．休眠用比一開始寒暄時更親切、更放鬆的語調訴說自己的過往。

「對方說了什麼？」

「原話是這樣：『喂，你又沒有用雙腳走過路。你做的那個跑步夢好像會跑得歪七扭八的，模樣就跟雙腿綁著拐杖一樣滑稽。』真的很可惡對吧？所以我回答說：『那我要製作出像動物一樣游泳破浪而出的夢，這你就沒試過了吧？』那個傢伙便對我嗤之以鼻，彷彿在說那你就試試看啊。」

男子瞬間感到爲難，不曉得要在踢克．休眠面前做出什麼表情。想盡可能不要露出憐憫的樣子。

踢克・休眠似乎察覺到男子的複雜神情，因此豪邁大笑。

「剛才你的表情真值得一看。你很努力不要露出可憐我的表情，我說得對嗎？」

「因爲我很討厭那種表情。所以後來怎麼樣了？你真的做出像動物一樣游泳破浪而出的夢了嗎？」

「在那三年後，我在『年度夢境頒獎典禮』上憑藉『橫越太平洋的虎鯨之夢』拿到了大獎。我當時才十三歲呢。」

「竟然有這樣的事？那股力量和熱忱是哪來的？雖然我完全不了解怎麼製作夢境，但你要做到這一切應該不比其他人容易。」

「我所有的力量來自我擁有的幸福，我的熱忱也是來自想變幸福的渴望。我在這裡很常聽到別人說我是身障者的希望。雖然這是值得高興的事，但我大部分的行動都是爲了我自己的幸福，我不可能一輩子都是作爲別人的希望而活。最初製作的夢也是如此。那個夢是以遠離海岸的虎鯨視角所展開的，那個夢反映出的是我的自我。我很想擺脫這個活著有太多限制的世界。我想成爲的不是少了一條腿的人，而是連雙腿都不需要就能看見更遼闊的世界的虎鯨。結果我真的辦到了。還以爲掉到海裡的話會死掉，沒想到在那之下有更廣闊的世界。現在想來還眞是萬幸，如果我是可以在海岸邊奔跑的人，那我根本不會做出往海裡跳的嘗試。」

踼克侃侃而談說出自己的想法。

「眞了不起。我現在做點什麼事還是會看別人的臉色，內心不是很好受。老是在意別人可憐我的目光，或是在意別人因爲我而難堪，所以很難專注於我自己。」

「我們從來沒有以別人的視角看過自己，只是根據對方看自己的表情或情緒之類的資訊來推測而已。就像眼見不一定爲憑這句話，有時候過多的資訊反而會掩蓋住眞相，不是嗎？如果實在不清楚別人怎麼想，就試著想像那些替你加油打氣的人吧。我們現在也是那樣看著你。」

「爲我加油的人……是啊，幫我的人很多，家人、朋友，還有我很依賴的諮商師。」

男子認眞答覆，又補了一句。

「如果不是殘疾限制了我，我希望自己也能像他們那樣。獲得這麼多幫助的我也很想爲別人加油，想試著去理解他們。」

「不過你知道嗎？你已經在幫助別人了。在你還沒意識到之前，你就已經拯救了陷入低潮的我。」

娃娃·眠蒂說。

「其實我本來只是一個喜愛藝術的學生。製作夢境的時候，也只是一心想著要把我畫過的風景融入夢裡。雖然我比誰都還會調色，但我沒有踢克或其他人那種可以重現生動場面的高難度技術。我想找到即使我少了高超技術，卻還是想製作更費工夫、更不穩定的夢的理由。我做這行大概十年了，最近眞的很累。但是看到你寫的夢境日記，讓我發現自己成爲製夢師正是爲了像你這樣的客人。你不知道這個領悟帶給我多大的力量。」

娃娃·眠蒂的聲音飽含眞心實意。

「說不定正是你碰到的困難讓你活得更像自己。」

踢克·休眠忽然插嘴。

「那是什麼意思？」

「你現在不是更清楚他人的幫助有多珍貴了嗎？就算碰到同一件事，每個人感受到的情緒也是截然不同的吧。但你是獲得多少幫助，就有多想幫助他人的人。怎麼樣？現在是不是能清楚看見何謂『像自己』了？先不要管看不見的他人的視線，好好看看自己的內心。」

「眞的有辦法那樣嗎？看不到眼前世界的事實，蔓延得又快又廣，籠罩掩蓋過我的所有其他面貌，所以我眞的是很害怕。但我……我不是看不見眼前世界的人，我是朴泰京。」

男子鼓起勇氣說出，他一直期待有朝一日能在人前大膽宣告的話。

「我以前也是那樣。不想被稱作『少一條腿的人』。希望自己至少能說：『我是踢克·休眠，有一條腿不太方便。』這兩者之間的差異極大。而且我想跟清楚知道那個差異的人來往，就是像是你這樣的人。」

踢克的每一句話都是費了很大心力才說出來的。男子知道他也是鼓起勇氣說出這些話的。

「泰京，任何拿來修飾我們的詞彙，都不能放得比我們自己更大。還有，只要有我們這樣的製夢師在，誰也沒辦法從你身邊搶走入睡和做夢的時間。可以爲你提供什麼夢，是我們製夢師該思考的事，你只要在入睡前無憂無慮地閉上眼，保持舒適就可以了。」

娃娃·眠蒂的語氣充滿了自信。

三人一從休息室出來，在外面等候的佩妮立即親切地向男子和螢螢搭話。

「不介意的話，我想替您做樓層導覽。」

「樓層導覽？」

「拜訪這裡也是您的日常生活，當然要去逛逛找回日常呀。」

「不用專門爲了我一個人……」

「提供每位客人所需要的服務，是我身爲前檯員工該做的事。」

兩人搭電梯到五樓。

五樓員工正在大聲叫賣折扣商品，折扣商品堆之間擠滿了忙著挑選美夢的人們。

「不管怎麼說，我好像沒辦法在這裡挑到美夢呀。」

男子掌握五樓的氣氛後尷尬地笑了。

「放心，毛泰日會幫您的。對吧，毛泰日？」

這位名叫毛泰日、聲音活潑的員工非常積極地跟男子搭話。

「以後您來五樓折扣區的話，我可以特別提供我另外藏起來的夢境。這種提議我可不是逢人就說的哦。」

螢螢看看毛泰日，然後大聲吠叫。

「爲什麼這隻狗要對著我吠叫啊？我不是什麼奇怪的人，您千萬別誤會，請多來五樓逛逛！」

佩妮留下毛泰日，帶男子和螢螢前往四樓。

「四樓呢，螢螢應該會很喜歡。」

男子和螢螢跟著佩妮搭電梯來到四樓。螢螢一到四樓就咿咿叫，想要去逛逛。

「螢螢，這裡有很多爲你製作的美夢。快去挑挑看，我一個人做導覽就夠了。」

佩妮對螢螢說，螢螢猶豫了一下，發出嗚嗚聲。

「我沒關係，快去吧。」

獲得男子的允許之後，螢螢活蹦亂跳地在低矮的展示櫃之間奔跑。

「螢螢，不可以這樣！」

「在這裡沒關係，不用像平常那樣乖乖的。有些動物的活動量就跟螢螢一樣大。」

「喂，小傢伙給我站住！」

某處傳來咯噔咯噔的滑輪鞋子聲和某個男子語調高昂的話聲，隨著螢螢跑過去的方向逐漸變遠。

「那是四樓的樓管史皮杜。他現在一邊追，一邊露出興奮的表情。看來他很開心有機會能快速奔跑。」

從四樓到三樓的路上，男子察覺到這間百貨是自己很熟悉的空間。

「我總算明白了。三樓是有好玩的生動夢境的地方吧？我好像也很常來這裡。」

「沒錯，身體果然不會忘記。今天重新替您做導覽眞是做對了。正如您現在所聽到的，三樓整天播放最新流行樂曲。牆上貼滿五花八門的商品海報，員工的打扮也是形形色色。三樓的樓管是莫格貝莉。」

正在等候的莫格貝莉開心迎接男子。

「您好，我們這一層有很多主打聲音的夢境。有時候這也是不錯的選擇，如果感興趣的話，別忘記來逛逛喲。聽說睡覺的時候受到不同刺激的話，各種感覺也會變得靈敏。從這點來說，這裡的夢……」

莫格貝莉抓著兩人不放，打算把三樓的所有夢境都介紹一遍，兩人於是趕緊去二樓。

間距整齊一致的二樓展示櫃逛起來十分方便。展示櫃和展示櫃之間正好相隔三步，每一區的同一個位置都有點字導覽。

「按下這個按鈕的話，還可以聽語音導覽。」

二樓的維果．邁爾斯默默陪同男子，偶爾做介紹。

「我想推薦給您的是『回憶區』的夢。雖然得多嘗試幾次才行，但有時幸運的話，可以在夢中看見視力變糟之前的回憶。根據我的調查，您擁有極多的回憶，所以現在就草率做出以後永遠看不到的判斷，未免太早了。」

維果詳細地說明。佩妮覺得撇開那張冷冰冰的表情，光聽聲音的話，他比其他樓管還要親切。

「看來您喜歡二樓的夢。」

「對，有回憶眞是太好了。現在只剩一樓了呢。」

「一樓是我工作的地方，備有特殊夢境或超高人氣的夢。」

佩妮帶男子到一樓新設置的區域。

「我們把四散各處的特殊夢境都放到了這裡。有爲聽不到的客人準備的有字幕的夢，也有提供手語服務的夢。說來慚愧，我也是最近才知道有這些夢。」

「竟然有專門替少數人製作的夢境，眞是太感謝了。」

「找夢的客人是多還是少並不重要，大家想做的夢都不一樣呀。雖然我才在這裡工作一年而已，但這一年來我明白了一件事。有些客人討厭預知夢，有些客人愛在午睡做夢但又常常感到後悔。還有現在在我身邊的七九二號客人您需要特殊的夢。事情就是這樣。所以您儘管進來店裡就對了。」

那天晚上男子說的夢話特別多，所以螢螢先醒過來，當男子一醒來就舔舐他的手。在夢裡見到的人們尚未從記憶中消失，他們的聲音在耳邊繚繞。明明是分享了私密的對話，男子試圖重述對話內容，卻只剩下在腦海裡胡亂打轉的句子破碎成單字、單字又粉碎成子音與母音，然後一下子消失得無影無蹤。

「在夢裡見到的那些人到底是誰？是之前認識的人出現在夢裡了嗎？不對，那些是陌生人。」

夢裡的人像對待熟人那樣對待男子，但他明明不認識這些人。男子很確定那是第一次聽到的聲音。但是這不可能啊，應該是跟不知道名字的路人的對話重組後，又在夢境中出現了。雖然有些地方還是令人感到不解，不太像是大腦的偶然活動，但也只能這麼相信了。因爲入睡的時候不可能眞的去見過某人……

男子躺在床上，又回想了一會昨晚的夢。

「總覺得有句話絕對不能忘記……」

就在這個時候，忽然浮現的話語自然而然地從嘴巴說出來。

「我不是看不見眼前世界的人，我是朴泰京。」

男子不知道那是因爲自己整晚像說夢話一樣念叨，才會蹦出這句話。

看著男子的螢螢彷彿像在說話般低聲汪汪叫，男子起身，眞誠地摸摸螢螢。

「今天也拜託你了。」

那不僅是對螢螢說的話，同時也是對自己說的話。

男子下課後來到諮商室，步伐與螢螢默契十足。才剛走到門口，尹諮商師就替他拉住門，開心地打招呼。

「泰京，快進來。這段時間過得還好嗎？螢螢，你好呀。」

「您也過得還好吧？」

螢螢默默在諮商室裡找個位置趴下，因而發出牽繩碰到地板的聲音。

「螢螢今天看起來心情很好。」

諮商師的隨和聲音在耳邊迴蕩，令人心情愉悅。

「螢螢真的很喜歡來這裡。建築物後面的院子不是很大嗎？每次結束諮商，總是要去那裡盡情跑一回再走。」

「螢螢，無論哥哥去哪你都能跟著，一定很開心吧。」

「希望牠真的那麼覺得。」

「那麼，今天也來聊聊夢境吧？」

夢境是兩人最近的話題。尹諮商師喜歡透過夢境觀察他人的內心世界，跟對方一起討論夢境內容。

「昨晚的夢很特別，我在夢裡見到了許多人。雖然在夢裡也看不到他們，但是我覺得很熟悉自在，好像以前就認識了一樣。對了，螢螢好像也跟我在一起。在夢裡遇到的人就像眞實存在的人。當時的情況和他們的言行舉止太具體鮮明了，很難說是我的潛意識創造出來的。眞的很奇怪，對吧？」

「一點也不奇怪。有過那種體驗的人非常多。」

「是嗎？那樣的話，說不定眞的有我們記不得的某個世界存在呢。」

男子興奮地說。

「對啊，說不定眞是這樣。」

雖然無法確認尹諮商師的表情，但男子感受的到潛藏在她語氣中的深切懷念。

「還記得什麼嗎？很想繼續聽你的夢境內容呢。」

就算只能聽到尹諮商師的聲音，男子也知道她比任何時候都還積極、還興趣盎然。

「我也想多說一點，但我愈努力想記起來，殘影就消失得愈快。早知道會這樣我就寫日記了。寫夢境日記的話，可以記得更久。不是有句話說紀錄能創造回憶嗎？不過，您也很常做夢嗎？我也想聽聽您的做夢內容。」

「我也滿常做夢的。」

「那您也寫過夢境日記嗎？」

「當然寫過。多虧寫了日記，有一個我很久以前做的夢，現在還記得一清二楚。那是一場很棒的夢，我變成虎鯨橫跨了太平洋。」

「是多久以前的夢啊？」

「嗯……已經超過二十年了呢，是我在一九九九年做的夢。」

第四章
唯有奧特拉才做得出來的夢境

「佩妮，妳今天來得更早耶。」

在前檯上夜班的穆德打招呼，聲音聽起來很疲憊。

「穆德先生，早安。」

佩妮最近比以往還早上班，提早來做自己的例行性工作。先聽穆德轉達前一晚發生的必知特別事項之後，便去清點記錄庫存不足的夢，接著拿鑰匙串前往倉庫，把之後要上架的夢境盒堆到某個角落，接著就預先剪足大小合適的包裝紙和繩子，好將白天新進貨的夢境包裝得漂漂亮亮的。最後進入夢境費倉庫，把裝滿夢境費的瓶子放到倉庫入口處，以便存到銀行裡。如此一來，早上的基本工作就做得差不多了。

佩妮一個一個小心翼翼地放下裝滿鮮紅色「罪惡感」和銀色「後悔」的瓶子。

接著拿出藏在角落的薄墊子坐下，打開塞在腰部和圍裙之間的《做夢不如解夢》日報，開始閱讀。

佩妮最近對了解夢境百貨以外的事或累積相關背景知識深感興趣。自從見過七九二號客人之後，便更感到自己需要精進學習了，因爲不知道哪天又會碰到其他第三階段的投訴。

下班再進修的話太勉強，所以佩妮選擇早一點上班，到店裡自習。雖然有很多內容專業扎實的書，但是爲了以最輕鬆愜意的感覺開始進入學習，她選擇了閱讀《做夢不如解夢》。可能會有人說「哪有人拿看日報當成學習的？」但光是可以獲取夢境百貨以外的資訊，對現在的佩妮來說就已經是大有幫助了。

這份日報內容包羅萬象，從製夢師的幕後故事或業界八卦，乃至夢境產業相關術語說明或法案、性價比高或失敗率較低的夢境相關報導都有。除了「本月論文」版面之外，大部分的報導都寫得通俗易懂。

今天的基本工作都提前做完了，所以佩妮可以在這裡獨自看報半小時之久。一開始她是在員工休息室學習，但是帶早餐來吃的員工有點吵，而且倉庫裡迴盪著情緒一點一滴填滿瓶子的滴答聲有助於提高專注力，所以佩妮很喜歡這裡。

佩妮慢慢翻閱《做夢不如解夢》，發現傳奇製夢師之一亞賈寐．奧特拉的名字後，她換了個坐姿。

被低估的遺珠

七年前的今天發售、由亞賈寐．奧特拉製作的「一週父母體驗之夢」是一大罕見傑作。根據製作方式的不同，夢境大致上可以分成兩種。以做夢者的記憶為基礎展開夢境，或是以此為基礎，全由製夢者的意圖與想法來補滿夢境，並提供虛擬實境般的體驗。令人吃驚的是，年少的奧特拉的這個野心之作屬於前者。

以記憶為基礎所製作的夢境比其他情況更加棘手。在夢裡做夢的人的記憶要控制得恰到好處，而且在考慮到此不確定性的情況下，還要加入製夢師的意圖，是令人頭疼的複雜領域。雖然有無數的人夢想成為製夢師，但正因為這一點，製夢師的執照十分難取得。

奧特拉甚至進一步改變做夢者的視角。她沒有選擇做夢者本人的記憶來鋪陳夢境內容，而是從做夢者的「父母」視角出發，使用他們對做夢者的記憶來製作夢境。奧特拉如此新穎的想法與果敢的嘗試，堪稱業界的天才製夢師。

當時第一個接觸到該夢境的評論家，給出令人印象深刻的心得。

在夢中，該評論家擁有的是他父親的視角：兒子的房間清晨一響起鬧鐘聲，父親就起床悄悄關掉鬧鐘，讓兒子再多睡五分鐘，然後才安靜地親手搖醒兒子。評論家表示透過父親雙眼看到的自身模樣十分寶貴，一陣暖流湧上心頭。

反之，有些父母在子女面前盡顯疲態，抱怨扶養子女是活受罪，做夢者卻不得不重新經歷與父母的回憶，還有他們的視線。整晚都在確認這一切有多麼眞實的過程，對做夢者來說想必是心情沉重、朽木死灰般的體驗……

從可以收取各種夢境費這一點來說，奧特拉的夢境商業價值理應獲得高度肯定。

回顧過去，我敢說亞賈寐．奧特拉的「一週父母體驗之夢」上市的那年，之所以沒能獲得大獎，與她的才華無關，而是因爲這世界上的好父母不如想像中的多……（以下省略）

佩妮全神貫注地閱讀報導，雖然想繼續看下去，但是該去前檯的時間到了。

「沒有娃娃．眠蒂的『生動的熱帶雨林之夢』嗎？」

才剛從倉庫出來回到店內，就有客人向佩妮詢問。

「您好，那個夢賣完了。這個禮拜暫時還不會再進貨。」

佩妮本來想推薦空蕩蕩展示櫃旁堆得高高的亞賈庥．奧特拉的夢境，但還是就此打住。如果貿然推薦「成爲我欺負過的人三十日體驗之夢」，客人說不定會發火說：「妳的意思是我欺負過別人嗎？」

那幾盒由奧特拉製作、高價進貨的夢境仍然積滿灰塵堆放著，一旁貼著評論家滿分好評的標籤也跟著黯然失色。就像剛才在《做夢不如解夢》報導中讀到的「一週父母體驗之夢」，這些夢受到的關注跟作品的藝術價值不成正比，它們會淪落爲命運悲慘的夢嗎？佩妮不敢積極推薦給客人，只能用力把展示櫃推到靠近入口的通道，放在更顯眼的地方。

「佩妮，妳一大早就好賣力喔。」

薇瑟阿姨跟維果．邁爾斯同時上班，路過正發出悶聲，牢牢推著展示櫃的佩妮，於是跟她搭話。她一下就看穿佩妮想做什麼，所以一起幫忙推展示櫃。

維果今天也穿了熨得筆挺的西裝，正想直接穿過她們上二樓卻又停了下來，一臉不滿地對一樓的某幾個展示櫃指手畫腳。

「是要等貨架都空了才肯動手嗎？這裡、那裡到處都是空的。」

他的聲音引起周圍穿睡衣的客人的側目，人們紛紛偷瞄他。

佩妮迅速拿出事先放在前檯底下的夢境盒，然後一邊承受背後來自維果的凶巴巴目光，一邊在展示櫃上補貨，她放上的是去年贏得新人獎與劇本獎雙冠王霍桑黛夢娜的「群體中的孤獨」，這個夢境的內容是在夢裡變成透明人，誰也認不出自己。

「妳看看，熱賣的依舊只有去年的得獎作品……還掛了一大串夢境評論家的推薦文案。如果只是推薦已經得獎的作品，這樣誰不會啊？要有能預測未來成績的獨到慧眼才是。」

維果一邊嘲諷，一邊看霍桑黛夢娜的夢境。

除了「群體中的孤獨」，佩妮手上還拿著霍桑黛夢娜的新作品「國王的新衣」。煩惱了一下要擺在哪裡後，她決定在「群體中的孤獨」旁邊弄個位置出來，把盒子堆得滿滿的。

維果直挺挺地站著抱胸，喃喃自語。

「什麼『國王的新衣』……徒有其名的標題，不就只是脫光光到處亂跑的夢！但是客人會想『天啊，我竟然光溜溜地到處走！這是潛意識反映出我渴望展現最原始自我的欲望了嗎？』，然後支付各式各樣的夢境費吧。想靠膚淺的內容和意味不明的氣氛來輕鬆賺大錢的盤算，以為我看不出來嗎？」

維果尖酸刻薄地批評，還夾雜令人尷尬的誇張語氣。早在去年頒獎典禮那時，他就對霍桑黛夢娜的夢抱持負面態度。

「維果・邁爾斯眞是老頑固。沒聽說過『做夢不如解夢』這句話嗎？做完夢要怎麼解析，那是客人的自由。」

有個人勇敢跳出來罵維果。佩妮環顧四周好一會，查看是哪裡發出來的聲音，結果在高度及腰的展示櫃上發現收起翅膀坐著的矮精靈。原來是穿著比胖胖身體還小件的背心的矮精靈老大。

「你在這裡幹麼？」

維果正想用食指把他抓起來，矮精靈就迅速飛走了。

「當然是一大早出門，勤勞地做暢銷夢境的市調啊。達樂古特夢境百貨是最棒的市場調查場所。」

矮精靈暗訪別人的店還很理直氣壯。

「不過，你看不順眼的霍桑黛夢娜的夢，客人卻很常買耶？銷量比那個了不起的亞賈寐・奧特拉的夢還要多很多。」

矮精靈挖苦地說，並指向乏人問津的奧特拉的夢。

「銷售量和作品的藝術價值不見得是成正比。」

維果不甘示弱，替亞賈寐・奧特拉說話。

「但是誰有辦法一直創作那種賣不出去的作品呢？坊間傳聞亞賈寐・奧特拉因爲負擔不了製作費，所以今年遲遲無法推出新作品。看看這個庫存架，說不定再過不久她連現在住的豪宅也得變賣了。」

「還是擔心你自己做的夢境吧。」

「『飛天夢』在三樓向來賣得很好。」

佩妮脫口而出，自目地加油添醋。

氣勢洶洶的矮精靈老大輕盈地飛到堆放踢克．休眠的「在懸崖上變身爲老鷹翱翔之夢」展示櫃上。

「這個夢的製作成本，也十分浪費。如果是我的話，會直接讓做夢者墜入懸崖。反正有很多人相信夢到墜崖會長高。說不定運氣好的話，還可以收到『期待』作爲夢境費！」

維果那修得整整齊齊的八字鬍跟著薄上唇抖動。

佩妮不想平白無故受到牽連，所以拿著空盒子往後退一步。生氣的維果轉身走向通往二樓的樓梯，凶狠地踩下皮鞋，鞋跟發出比平常還大聲的聲音。

此時，矮精靈又冷嘲熱諷了一番。

「嘖嘖，他自己當不成製夢師，講這些酸言酸語是在洩憤。誰不知道維果．邁爾斯被大學退學，看到霍桑黛夢娜這種剛出道的新人製夢師，一定很嫉妒吧。」

維果突然站住，惡狠狠地瞪矮精靈。要不是剛好達樂古特打開辦公室的門來到大廳，矮精靈只怕要死在維果的手上了。

達樂古特一看到維果就開心地大喊：

「聽到鞋跟聲音就知道你來上班了。上二樓之前，先來我的辦公室一趟吧。關於先前我說過的那個第三階段投訴啊……」

佩妮記得他們正在討論的第三階段投訴。當時在投訴管理局局長的辦公室收到兩筆投訴案件，一筆是達樂古特交給佩妮處理的七九二號客人，另一筆明顯是一號客人的投訴。她沒有忘記寫在文件角落上的那個數字。

達樂古特跟維果一起回到自己的辦公室，兩人過了許久都沒出來。

佩妮一邊小心留意前檯是否有需要引導的客人，一邊翻找夢境支付系統的資料。不用三十秒就找到一號客人最近的購買紀錄了。看了一輪購買紀錄，佩妮自然而然地想起這位客人是誰。如果沒記錯的話，一號客人是一名四十幾歲的女客人，通常來的時間很規律，從一樓到五樓的夢都買得滿平均的。購買清單本身沒什麼奇特之處，但是她支付的夢境費卻很可疑，最近做完夢所產生的情緒都是「懷念」。無論是愉快的夢、難過的夢，甚至是在五樓買的、過期好一陣子的夢，全都產生一樣的情緒。繼續查看資料的佩妮發現一號客人的購買紀錄超乎想像的多，可以追溯到一九九九年爲止。

「薇瑟阿姨，夢境支付系統是什麼時候導入的啊？」

「一九九九年啊，我很確定。是引進眼皮秤的時候一起啓用的。」

佩妮決定乾脆從一九九九年的紀錄開始看，所以將設定改為從最舊到最新的資料篩選排序。然後她發現了很有趣的購買紀錄。

・製夢師：踢克・休眠

・標題：橫越太平洋的虎鯨之夢

・購買日期：一九九九年八月二十日

・心得

一號客人於一九九九年做的夢，是當年奪得大獎的踢克・休眠的出道作品。

佩妮帶著激動的心情，毫不猶豫地點擊心得內容瀏覽起來。

一九九九年八月二十日

我現在剛做完夢醒了過來，總覺得要趁這栩栩如生的感覺消失之前，趕緊記錄下來。

夢裡的我是一隻巨大的虎鯨。從海岸出發，慢慢游向遠方。做夢的時候，沒有想過鹹海水會不會因為氧氣不足而灌入鼻子讓我難受，或是擔心被海浪捲走的話是否能獲救。極為強烈的沉浸感，是整場夢裡最令人吃驚的部分。

在踢克．休眠的夢裡享受到的自由，是所有人都渴望獲得的安全的自由，而不是踩不到底的危險的自由。水深愈深，我愈覺得自己終於回家了。

我能感受到從背鰭延伸至尾巴的肌肉。大力拍打尾巴並往上甩，速度瞬間加快。現在海平面變成了這個世界的天花板，在白肚皮底下，比天空還深邃的我的世界就此展開。

看都不用看，所有的一切最先經由知覺感受到。我衝動地躍出水面，全然沒有想過自己辦不辦得到。流線型的完美身軀輕盈滑過水面，大膽飛翔，橫躍上空。

這時，忽然有一股莫名的刺激感流竄過全身，也不曉得那是不是我的知覺。我開始在意留在遠方岸邊的我的身影，但我還是努力游下去，將那忽然冒出來的不適感藏到滾滾浪濤下。

「那裡不是我應該待的地方。」

當我逐漸熟悉這極致的感官體驗，甚至開始懷疑「難道我真的是虎鯨」的時候，整個人卻慢慢清醒過來。在既非虎鯨，也不是人類的狀態下，兩個世界短暫重疊又完全分離開來的同時，我從夢裡醒來了。

現在的我做了年僅十三歲的少年踢克・休眠的夢，彷彿命中注定如此。這位天才少年說不定會在年底成為史上最年輕的大獎得獎者。

但是我應該沒辦法親眼目睹那一幕吧……

再深入下去的話，太危險了……這段時間以來的所見所聞才是真正令人驚嘆的部分，遇到的人也是……

如果我打從一開始就在這個世界出生的話，會怎樣呢？

維果・邁爾斯，再見。對不起，畢業作品發表會我無法赴約了。

「維果・邁爾斯？」

完全沒想到會在客人的夢境日記裡看見這個名字。一號客人認識維果，而且還寫在夢境日記裡，這位客人百分之百認識他。但從現在算起，一九九九年已經是二十幾年前的事了。

一號客人叫做尹世華。在校園內擔任心理諮商師，大家都稱她尹諮商師。開車下班回家的路上，她反覆思索跟學生朴泰京諮商的內容。

「在夢裡遇到的人就像眞實存在的人。當時的情況和他們的言行舉止太具體鮮明了，很難說是我的潛意識創造出來的。眞的很奇怪，對吧？」

「一點也不奇怪。有過那種體驗的人非常多。」

「是嗎？那樣的話，說不定眞的有我們記不得的某個世界存在呢。」

「對啊，說不定眞的是這樣。」

自從那天諮商完之後，長久以來獨自珍藏的過往回憶在女子的腦海裡揮之不去。從很小的時候到二十歲的一九九九年爲止，她一直都是清醒夢者。在夢裡不曉得過得有多開心，開心到不用上學的休假日也總是待在狹窄的房間裡睡覺。對學生時期平凡無奇的她來說，做清醒夢的能力是她唯一擁有的特殊才能。

「這項能力是上天賜予的禮物。說不定我是被神選中的人。」

一九九九年夏天，在上大學之後的第一個暑假期間，女子更是沉迷於做夢。在那個世界的她是個外部客人，夢中的市民都對外部客人親切又寬容。她可以隨心所欲地決定要去的地方和想做的夢。了解那個世界的過程既順利又開心。

那個地方自古以來流傳著一則神話故事《時間之神與三個徒弟》。

一味追尋未來而忘卻寶貴回憶的大徒弟；忘不掉往事回憶而最終深陷悲傷的二徒弟；為了他們而給入睡者送上夢境的三徒弟。

女子非常喜歡老三的後裔所繼承的「達樂古特夢境百貨」，所以每次去百貨的時候，都會留心觀察進出的客人，偶爾也會在那裡買個神奇夢境來做夢看看。

二十歲的她調皮又充滿好奇心，整天躲在五樓的折扣區，像尋寶那樣找尋有趣的夢。有時也會蹲在四樓電梯前，入神地盯著來買夢的嬰兒和動物許久。又有一次為了看看夢境費倉庫，在倉庫周圍徘徊而被店員發現，因此拔腿狂奔。

有一天，她為了避開一樓前檯員工的目光，在倉庫躲了好幾個小時，最後還是被員工發現。而這一天連老闆達樂古特也來了。

「客人！您怎麼又跑來這裡了？這裡是非工作人員禁止進出的區域。」

看起來約莫三十歲、一頭紅鬈髮的女員工和看起來大她幾歲的老闆達樂古特，擋住了她的去路。

「薇瑟，別說了，她應該聽明白了。我們走吧，還得快點談完眼皮秤的事情。前檯後方的大理石牆面要怎麼弄成展示櫃，妳想好了嗎？這應該是大工程啊，說不定得關門幾天。如果是那種重要日程的話，還得事先決定好，跟客人公告說明……」

達樂古特擔心地說。

「沒錯，時間很趕。」

薇瑟那雙大眼向女子發出「請快點離開這裡」的訊號，繼續跟達樂古特對話。

女子悶悶不樂地跟著兩人走到倉庫外面。

「達樂古特，但是眼下有一個問題。要說眼皮秤已經做好還太早。新技術研究所滿懷信心進行的產品開發企畫，很有可能在最後一個階段搞砸，這種事不是屢見不鮮嗎？我們需要能協助進行最後一次測試的人。必須要是個能夠確認眼皮秤有沒有好好連動……而且還要可以記住整個過程並跟我們溝通的人。」

女子聽到兩人對話中提到「眼皮秤」，因而產生好奇心。來到大廳之後還是跟在兩人後面。

「客人，請問您有什麼話想跟我們說嗎？為什麼一直躡手躡腳地跟上來？」

「我很好奇什麼是眼皮秤。」

「唉唷，真是拿您沒辦法。好吧，所謂的眼皮秤呢，是為了事先知道客人的拜訪時間而研發的特殊天秤。我們製作了形似眼皮的秤砣，好顯示客人的狀態是『清醒』『睏倦』還是『快速動眼期睡眠』……」

「薇瑟，等一下。」

薇瑟正說明到一半的時候，達樂古特阻止了她。

「妳剛剛不是說為了確認眼皮秤是否順利開發出來，需要有人來進行最後測試？而且必須是可以記住整個過程並溝通的……換句話說，就是需要一名能力很強的『清醒夢者』。」

「對，沒錯。但是那種人可遇不可求啊。」

「這裡不就有一個現成的人選嗎？就在妳旁邊。」

達樂古特直視女子，露出微笑。

「您怎麼知道我是清醒夢者？」

「因為您對這裡的記憶很準確，不像其他外部客人那樣露出猶豫不決的神情，即便沒有我們帶路也能進出倉庫。所以我猜您很可能是清醒夢者。」

「我的祕密就這樣輕而易舉地被發現了啊。還有其他像我這樣的人嗎？」

「是有一些，但是卻很少有像您這樣經常前來拜訪或長時間停留的人。」

「這裡有許多令我好奇的東西，比我生活的世界好玩精采多了。像我這樣任意到處探索，是不是做錯了什麼呢？」

「這並沒有錯，入睡的時間是您的。」

「聽您這麼一說，我就放心了。明明有這麼歡樂的世界，醒來之後卻會忘光光，實在太可惜了。我是清醒夢者，真是太幸運了！如果能在這裡出生的話，那該有多好？要不然能在這裡留下我的痕跡也好。」

薇瑟遇到優秀的測試者而面露喜色，但達樂古特聽到女子的話之後，看起來卻多了幾分憂慮。

「怎麼了嗎？」

「沒什麼。好，我們會幫您在這裡留下痕跡。您很適合當我們店裡的第一位眼皮秤客人。」

「這是真的嗎？說好了喔！」

測試順利結束。在百貨店附近徘徊，等著看完成的眼皮秤，成為了女子每天必做的事。女子就是在那個時候遇到維果．邁爾斯的。都一個月了，他仍舊站在夢境百貨門口的洶湧人潮之中，對路過的人苦苦哀求：「請問您可以當我的畢業作品合作夥伴嗎？」但是大家都直接路過。

女子穿著象牙色的成套睡衣，走向維果。

「要不我來吧？讓我當你的畢業作品合作夥伴。」

「妳真的願意嗎？」

維果正在尋找願意一起製作大學畢業作品的外部客人。兩人藉著準備畢業作品的名義，經常在咖啡廳聊天。年紀相仿又聊得來的兩人很快就親近起來了。

與維果一起度過的日子裡，女子的眼皮秤也做好了，是第一個放到展示櫃上的眼皮秤。刻有流水號「〇〇〇一」的天秤完美擺動。

「現在這裡也有我的痕跡了。」

員工們開始稱她為一號老顧客，以她的眼皮秤為首，其他客人的天秤也陸陸續續放到了展示櫃中。女子做清醒夢的時間愈來愈長了。

「維果，我生活的世界有很多人夢到意味深長的夢，這是爲什麼啊？像是裸著身體到處行動或是變成透明人後誰也認不出自己的怪夢。夢到那種夢的話，大家都想解析其中的含義。」

「那種夢很容易製作！交給做夢者解析的曖昧不明的夢，從以前就源源不絕地上市，只有標題被改掉而已，換湯不換藥。我覺得製作那種夢有點無恥。」

「是喔？我都不知道。我是說萬一啊，等到二〇二〇年左右的時候，會不會出現可以同時讓兩人做的夢呢？維果，希望你能製作出那種夢。」

「這個點子眞棒！可是二〇二〇年眞的會到來嗎？就連快要邁入二〇〇〇年這件事我也不敢置信。到了二〇二〇年，我們又會是什麼模樣呢？希望我已經是名氣響亮的製夢師，還在『年度夢境頒獎典禮』上得了獎。」

兩人天天聊天，連時間過去了都不知道。女子會輪流穿設計相同的睡衣，好讓維果可以輕易認出自己。

有一天，維果邀請女子參加畢業作品發表會。

「我想邀妳參加畢業作品發表會，妳一定要來看我爲妳製作的夢。發表會有很多人來，所以要麻煩妳當天穿便服入睡。只要妳穿著便服來看發表會，就不會被發現了。」

女子不加思索地答應會參加，但是聽完維果說的話之後，內心莫名感到七上八下。

女子努力想要忽視內心的沉重感，一如往常拜訪了夢境百貨。獨守前檯的達樂古特正在用心擦拭她的眼皮秤。

「達樂古特先生，您好。」

「您來了呀。不過，發生什麼事了嗎？」

達樂古特邊觀察她的臉色，邊試探性地問。

「……我不是穿便服入睡就可以變成這個世界的人，對吧？」

達樂古特露出「該來的還是來了」的表情，不發一語，同情地看著她。然後將剛剛在擦拭的眼皮秤推到她面前。

「看看這裡，您的眼皮秤一直是闔起來的，對吧？」

眼皮秤緊閉，指向「快速動眼期睡眠」狀態。

「我每次看到的時候，眼皮都是闔起來的。」

「嗯……我最近爲了持續做清醒夢，都在睡覺。」

「再這樣繼續下去，現實世界的您沒關係嗎？」

達樂古特鄭重地問。

就算女子在夢裡來去自如，實際上她整個暑假卻是紋絲不動，天天都躺在狹小的房間裡。不知從何時起，她一直假裝沒有這回事，但是，達樂古特的提問卻令她腦袋一片空白。

「我現在該怎麼做才好呢？我可以更深入地涉足這個地方嗎？還是現在得回到我原本所在的地方？我不知道自己該待在哪裡。如果突然沒辦法再做清醒夢的話，那該怎麼辦？不對，還是說那樣反倒更好？無論是哪一種情況，我都沒有信心面對。我很害怕。」

「不要慌，客人。沒關係。現在還有時間挽回。請稍等，有一個適合您的夢。店裡只進了一個，幸好我保留下來，沒有拿給其他客人。」

達樂古特匆匆去了一趟辦公室，將某個夢境盒遞給女子。

「這是熱騰騰的新商品，品質我敢掛保證。」

深藍色的外盒包裝紙呈半透明狀，裡面的東西若隱若現，宛如深海一般。

「這是什麼夢？」

「標題是『橫越太平洋的虎鯨之夢』。如果我想得沒錯，那在店裡的所有夢境之中，這是最符合您的現況的夢。」

女子就這樣做了踢克．休眠的夢，一醒來便在筆記本上寫下夢境日記。然後重訪夢境百貨。看過女子的心得，也就是她的夢境日記後，達樂古特說道：

「對您來說，夢裡的海岸正是這裡。雖然您現在應該很害怕，但是離海岸愈遠，您的眞實世界才會愈深邃寬廣。您做完夢好像對這點也有了充分的體會，眞是太好了。」

「是，這眞的是我很需要的夢。多虧如此，我現在知道該做出怎樣的決定了。好像不該再繼續跟這裡的人有私交……我會牢牢閉上雙眼，好好睡覺，少來這裡。還有，我會在原本的世界努力生活的。」

「嗯，雖然很遺憾，但我也覺得您的決定是對的。還有一件事想叮囑您。」

「什麼事？」

「做清醒夢的能力應該會在不遠的將來突然消失。」

「嗯？眞的嗎？」

「像您程度這麼好的清醒夢者大概會在二十歲之前就失去那個能力。能保持到現在可以說是撐很久了，所以我建議您做好心理準備。」

「原來如此……那可能也沒辦法好好道別了吧。就算我消失了，也請您多多照顧我的眼皮秤。」

「只是沒辦法做清醒夢而已，您隨時都可以再來拜訪我們夢境百貨。」

達樂古特安慰女子。

「但還是有勞您了。我應該再也記不得了……那樣的話，從我的立場來說算是永別吧。」

「我們隨時都會在這裡，不要太難過了。」

沒過多久，事情就跟達樂古特說的一樣，女子不再做清醒夢。雖然在那之後有一段時間，她還是堅信夢裡所發生的事情都是真的，但隨著時間過去，她開始懷疑起自己的記憶。然後從某一刻起，感覺當時的所有記憶都是自己創造出來的幻想。

周圍的人對夢境的普遍認知，也是造成女子那樣想的原因。

「昨晚我的夢裡出現了不認識的人。也不知道是男是女，我想不起來。但是對方戀戀不捨地看我，所以我問：『怎麼了嗎？』對方便說：『反正我說了妳還是很快就會忘掉。』眞的很奇怪吧！其實……對方好像還說了什麼，但我想不起來了。對方的目光眞的是戀戀不捨的。這是什麼夢呢？」

「什麼夢？做妳的春秋大夢啦。」

如果有人提起在夢裡經歷的奇妙事件，大家都會不以爲意地說那是白日夢。

「妳們沒有過那種經驗嗎？」

「妳是說飛起來的夢？我曾經在做夢的時候發現自己在做夢，這也算是清醒夢嗎？世華，妳也有做過這種清醒夢嗎？」

「沒有，我很久沒有做夢了。」

偶爾被問到這種問題的時候，女子雖然很想把經歷過的事情都說出來，但是肯定不會有人相信，所以乾脆說自己不做夢敷衍過去。

然而，在諮商室跟學生談過之後，女子又開始想確認自己經歷的事情是否眞實存在了。她很懷念在夢境世界遇到的人們。

女子在等紅燈而停下的車子裡，邊注視穿越斑馬線的人潮邊思索著。

「那些人也有過跟我一樣的體驗嗎？這種事情眞的只發生在我身上過嗎？」

佩妮讀完心得之後，毫不猶豫地跑去敲達樂古特辦公室的門。不知道她是有多心急，才剛敲門也不等回應就直接開門進去。

維果和達樂古特同時看向佩妮，兩人之間放著寫了投訴內容的文件。

「達樂古特先生，那個投訴案件啊，是一號客人的，對吧？」

「沒錯，但妳這麼突然是怎麼回事？」

維果代爲回答。

「一號客人和維果樓管，你們是怎麼認識的？」

佩妮忍不住好奇心，立刻開口詢問。佩妮看到維果和達樂古特爲難地交換眼神。

「我這樣問或許踰矩了……但是這跟維果樓管被大學開除學籍有關嗎？」

「看來得解釋清楚才行了。」

維果自暴自棄地回答了佩妮的提問。

從兩人的反應來看，在佩妮開口之前，他們應該正在斟酌要坦白到「哪裡爲止」。但是佩妮這麼闖進來一問，現在不得不說出來龍去脈了。

「那個下次有機會再慢慢跟妳說吧。」

達樂古特把問題擋了下來。

「沒關係，我現在也不是當初那個糊塗的少年了。保守祕密到現在也夠久了。」

維果娓娓道來被開除學籍的隱情。談起當時因由的維果好像完全變了一個人。

「……我就那樣被開除學籍。因爲不知道禁止直接出現在外部客人夢裡的嚴格規定，我就上繳了畢業作品。但是聽完整件事情始末的達樂古特先生，還是僱用了我。而我是到後來才知道，他一聽完我的故事，就察覺這件事是跟一號客人有關。對吧？」

「不可能沒發現，因爲一號客人太顯眼了。而且她很喜歡做出引人注目的行爲，這一點對你來說也很有吸引力吧，況且你們年紀又相仿。」

「所以你們是什麼時候又再次見到面的呢？」

佩妮已經被這個故事迷住了。

「就在我剛到二樓工作沒多久那時。這麼快就重逢，我當時還覺得很幸運。但是她覺得我是陌生人，就像其他客人那樣，她認不出我了。」

「……您當時還好吧？」

「當時當然很不好，但現在都沒關係了。過去二十年來，我也自然而然地了解到清醒夢並不會永遠持續下去，因爲我偶爾還是會碰到類似的客人。遇上這種事情的人不只我一個，雖然也不是沒有過其他的緣分……但跟這件事無關就是了。現在還能這樣常常看到她就值得慶幸了。就這麼維持客人與店員的關係也不錯。至少可以確定她每次都睡得很好，不是嗎？至少比完全不知道情況好太多了。」

雖然佩妮覺得他這番經歷很可憐，但維果卻像是談及跟朋友之間的深情回憶一般，看起來很欣慰。

「每次你若無其事地這麼說，我就感到抱歉，覺得自己好像妨礙了你們。」

「要不是您那樣把我們分開的話，事情恐怕更難收拾。而且此外也沒有更好的辦法了，不是嗎？也是有人沉迷於做夢，睡一輩子虛度光陰的糟糕案例。是您拯救了我和她。」

「一號客人最近支付的夢境費都是『懷念』，她的投訴內容到底是什麼呢？」

「看看這個吧。」

達樂古特把桌上的文件拿給佩妮。

投訴等級：第三階段——對做夢本身感到痛苦

收件人：達樂古特夢境百貨

投訴人：一號老顧客

「不知道是不是我記錯了，好混亂。我很怕以前在夢裡發生的事情是我自己捏造出來的想像，覺得很傷心。什麼也沒辦法確認，太難受了。每次做夢的時候，都覺得好混亂。」

＊本報告乃根據投訴人睡夢期間語無論次的證詞撰寫而成，因此包含當事人的部分個人意見。

「我總算是明白了。一號客人一直很懷念做清醒夢的日子，所以她才會無論做什麼夢，都是支付『懷念』當作夢境費！」

「好像是這樣。雖然不知道她是因為什麼契機而想起那段日子……」

維果安靜地陷入沉思。

「沒有其他什麼好方法嗎？太讓人心疼了。要是我們可以解釋的話……就這樣讓一號客人覺得一切都是自己的想像，不是太過分了嗎？她該有多困惑啊？」

「雖然很遺憾，但我們也不能因此製作我們直接出現的夢。不能又違反規定啊。」

達樂古特的回答讓維果低下了頭。

「我們必須證明自己的存在，卻又不能現身，這怎麼可能辦得到……」

三人都想不出有效的解決辦法，只能離開辦公室，回到各自的工作崗位。佩妮一整天心情都很沉重。

下班走路回家的路上，佩妮滿腦子想的都是一號客人的事情。故意繞遠路慢慢步行的佩妮，在食品專賣店「亞德里亞廚房」外頭的直立式廣告招牌前面停了下來。

塞奇夫人的「媽媽手藝」番茄醬與「爸爸手藝」美乃滋

二〇二一年隆重改版，更濃烈的滋味與情緒（含有〇．一％的懷念）

廚藝生疏沒關係，動之以情就行！

隨時隨地都能重現令人懷念的父母手藝。

佩妮一看到含有「懷念」的番茄醬廣告，就想起一號客人。她像是被迷住一樣，走進食品專賣店，拿起塞奇夫人的「媽媽手藝」番茄醬，仔細思考。

「該怎麼做才能在不違法的情況下，讓客人知道自己的記憶沒有出錯呢？」

佩妮眞想隨便抓住一個路人，討論維果和一號客人的事情。

在佩妮快要忘記阿薩姆的存在時，他總是會突然出現。這次阿薩姆好像也會讀心術般，在大容量調味料區現身了。這位身形魁梧的朋友無論走到哪，都很容易認出來。

佩妮悄悄靠近，站到他的旁邊。

「阿薩姆，你在看什麼看得那麼入神啊？」

完全沒被嚇到的阿薩姆，站在大容量調味料罐前面嚴肅地說：

「佩妮，妳看看這個。塞奇夫人又出新調味料了，是讓心情一下舒暢的芥末醬。」

阿薩姆指的地方有個牌子，上面寫著「心情舒爽！鼻子暢通！一解苦悶的芥末醬」，後面放了一整列的鮮黃色芥末罐。阿薩姆傷了一下腦筋，又把芥末醬放回去，然後用前腳敲敲佩妮手上的「媽媽手藝」番茄醬。

「但我果然還是喜歡番茄醬。加上去之後，隨便煮的雞蛋料理嚐起來也像媽媽做的。」

「含有懷念的番茄醬啊……這個應該很難讓人重新想起徹底忘掉的人吧？」

佩妮雖然很想跟阿薩姆說明原委，但是她不能隨便張揚維果深藏多年的祕密。

「那個太難了啦。不要對只值三十錫爾的番茄醬抱持太大的期待。是說，妳聽說那個消息了嗎？」

「什麼消息？」

「聽說亞賈寐．奧特拉可能會退休。」

「你這話是打哪聽來的啊？」

「我自有管道，聽說奧特拉正在認真考慮這件事。最近她製作的夢境都賣不出去，所以很煩惱吧。」

「太扯了，不可能吧。『他人的人生之夢』還沒正式上市耶，就算上市了，這系列後面還要繼續推出啊。我堅決反對，太浪費奧特拉小姐的才華了。」

「我也是這麼覺得。只有奧特拉才做得出來的夢，相當多啊。」

阿薩姆各拿一瓶大容量「媽媽手藝」番茄醬和「爸爸手藝」美乃滋放到推車裡。

佩妮呆呆地嘀咕著：「只有奧特拉才做得出來的夢……」她像是瞬間吃掉一整瓶芥末醬一樣，茅塞頓開，想到了絕妙的點子。

「沒錯，這正是只有亞賈寐．奧特拉小姐才做得出來的夢。阿薩姆，多謝啦！」

佩妮看一眼手錶，飛速離開食品專賣店，彷彿必須趕著馬上去見某人一樣。

「嗯，聽說妳一個人跑去亞賈寐．奧特拉家了？」

達樂古特問。

他和佩妮正在一樓陳列夏季限定推出的「陰森森之夢」。那個包裝紙一看到就令人毛骨悚然，小朋友客人瞇著眼，緊緊抓住媽媽的手，快速經過他們。

「您都聽說了啊！我正想告訴您呢。我想到有個夢適合送給一號客人，所以想先問問看奧特拉小姐是否可以幫忙。是我太心急了。」

「妳拜託她製作的夢我都聽說了，很棒的點子。」

「按照我的想法去做也沒關係嗎？」

「當然沒問題！一號客人應該會很喜歡。奧特拉很久沒有製作有趣的夢了，所以現在整個人精神奕奕的。這一切都是多虧了妳。那我們就耐心等待夢境完成吧。」

一週後，亞賈寐・奧特拉親自造訪達樂古特的辦公室。不曉得是不是過勞，她的眼窩都陷下去了，但髮型和穿著依舊簡練。奧特拉從手提包拿出一個漂亮的夢境盒。

「我敢說這個夢境是我的人生力作。沒想到利用他人的視角製作夢境的專長會用在這種地方！我是按照佩妮的請求製作的，你們的身影一幕也沒有在這個夢裡出現過。不過，我均勻地融入了你們看向一號客人的視線。所以這樣應該沒問題吧，達樂古特？」

奧特拉握住達樂古特的雙手，兩眼發亮，興奮地說。

「完全沒問題。不管別人怎麼說，這種可以站在別人立場思考，又能把漫長的時間壓縮變短的特殊夢境，只有奧特拉妳才做得出來。」

「是佩妮的點子太棒了。」

被奧特拉稱讚的佩妮害羞臉紅。

維果和薇瑟阿姨聽到消息後，來到達樂古特的辦公室。入座的薇瑟阿姨還把一號客人的眼皮秤帶過來了。她想快點轉達夢境給客人，因此正在認真思考要不要摸一下眼皮秤。

「你們看，一號客人要入睡了！」

就在此時，眼皮秤的秤砣開始擺動。

「我立刻去請客人過來！」

佩妮迅速來到大廳，把剛抵達的一號客人帶到辦公室。

爲了讓維果把夢境盒親自交給一號客人，聚在這裡的大家紛紛後退一步。維果緊張地拿起夢境盒，站在一號客人的面前。一號客人東張西望，一頭霧水。

「爲什麼把我叫來這裡……？」

太過緊張的維果露出僵硬的表情，沒頭沒腦地就把夢境盒塞給客人，反倒是奧特拉拍拍他的肩膀說。

「太冷漠了吧，拿給人家的時候至少要說句話啊。」

維果活像個試圖擠出新表情的機器人一樣，整張臉擠眉弄眼了整整五秒鐘，好不容易才神情柔和地開了口。

「希望這是您在找的夢。」

當天晚上，一號客人進入奧特拉製作的夢境。那是可以站在別人的立場思考、只有奧特拉才做得出來的特殊夢境。

夢裡的她是擁有紅色鬈髮的夢境百貨員工薇瑟。變成薇瑟的她靜靜坐在百貨店的前檯位置，專心思考過去幾個月來研發的眼皮秤。女子不僅在夢裡變成了其他人，時間還回到了二十年前。但是夢裡的她所看到的一切，清晰得像是此時此刻在眼前發生的一樣，全都是那麼地自然，渾然不覺得這是他人的視角。

前檯另一頭有個女客人映入薇瑟的眼簾，她彎著腰躡手躡腳經過，好像正要偷偷前往某個地方。那名客人不是第一次避開她的耳目，走遍百貨店各個角落了。變成薇瑟的她悄悄站起來，尾隨那位客人。客人經過達樂古特的辦公室，走向倉庫。

「那個調皮的客人又想偷看夢境費倉庫了，真是拿她沒辦法。」

夢中的她緊盯著身穿象牙白睡衣的客人背影，急急忙忙地追上前去。直到此刻，女子都沒發現那個客人正是二十年前的自己。

視角瞬間改變，現在她是夢境百貨的老闆達樂古特。

頭髮還沒完全變白的年輕版達樂古特，把終於完成的第一座眼皮秤放到前檯的展示櫃上，一邊欣賞，一邊露出滿意的微笑。但是一想到最近這座眼皮秤闔上的時間愈來愈久，而秤的主人至今老愛在夢境百貨裡裡外外打轉，自由玩耍，他就不禁煩惱了起來。

回到辦公室的他重新翻閱桌上那堆清醒夢相關研究書籍。在夢裡完美地以達樂古特的視線環顧四周的女子，清楚看見達樂古特在書上畫了粗線標示的那一頁。

「沒有人可以做一輩子的清醒夢。厲害的清醒夢者大多出現在人的兒童期或青少年期，其中大部分的人會在逐漸成年的過程中，不知不覺失去控制清醒夢的能力。」

接著達樂古特的想法清楚地傳入入睡女子的腦海中。

「如果毫無預告就沒辦法再做清醒夢的話，那個客人應該會很傷心吧。該怎麼做才能讓客人知道，就算離開這裡也沒關係？她不但可以遊走於她原本隸屬的、更廣闊的清醒世界，這邊的世界也隨時都會繼續在此存在呢……我能做的果然還是只有找找看適合她的夢境。」

最後她的視角變成維果・邁爾斯的。

維果眼中的她十分可愛。

「我是說萬一啊，等到二〇二〇年左右的時候，會不會出現可以同時讓兩人做夢的夢呢？維果，希望你能製作出那種夢。」

「這個點子真棒！可是二〇二〇年眞的會到來嗎？就連快要邁入二〇〇〇年這件事我也不敢置信。到了二〇二〇年，我們又會是什麼模樣呢？希望我已經是名氣響亮的製夢師，還在『年度夢境頒獎典禮』上得了獎。」

兩人一起聊天的咖啡廳場景發生轉變，夢裡的維果·邁爾斯現在站在達樂古特的辦公室前面。一瞬間女子腦海中忽地閃過，維果從女子突然消失、被大學開除學籍，到前來達樂古特夢境百貨面試爲止的所有想法。

「要她別穿睡衣改穿便衣來的請求，都是我一廂情願。」

然後時間快速流逝，維果奇蹟般獲得夢境百貨二樓的工作。入職剛滿一週的那一天，他的目光落在以客人身分來訪的女子身上。女子完全認不出他，一臉木然地就像看其他一般客人那樣看著他。維果將千言萬語呑回去，走向女子並搭話。

「客人，請問您在找什麼夢？」

女子一醒來便打開手機的備忘錄，出於本能地知道絕對不能忘記這個夢。

昨晚，在夢裡透過我所懷念的人們的雙眼看見了以前的自己。記得我的某人的視線，還有比這更明確的證據嗎？那個世界肯定存在。我是隨時都能返回海岸的虎鯨。我在原本應該待的世界如此賣力游泳，我所懷念的岸上的那些人一定也知道。過去二十年來，我的世界變得又深又廣，但是我一直以來都擁有著那片可以夜夜返回的遼闊海岸。

「如同二十年前的那個時候，他們給了此刻的我很需要的夢。」

看著寫滿整個手機畫面的夢境日記時，女子對此非常確定。再次慢慢讀完自己寫下的夢境日記之後，她心情激動地按下檔案儲存鍵。與此同時，達樂古特夢境百貨一樓前檯響起系統通知音效，極大量的夢境費一湧而入。

叮咚——

一號客人已支付款項。

「他人的人生之夢（正式版）」的費用已轉換為大量的「依戀」。

「他人的人生之夢（正式版）」的費用已轉換為大量的「感謝」。

「他人的人生之夢（正式版）」的費用已轉換為大量的「幸福」。

「他人的人生之夢（正式版）」的費用已轉換為大量的「心動」。

「他人的人生之夢（正式版）」的費用已轉換為大量的……

「他人的人生之夢（正式版）」的費用已轉換為……

……

……

第五章
測試中心觸覺區

夏暑正盛，今天是一整年陽光最燦爛的大熱天。達樂古特夢境百貨的員工正在自由享用午餐。

佩妮決定在製作「享受美食之夢」的主廚格朗豐餐廳裡吃午餐。只有這個禮拜可以吃到特價的披薩套餐，而且店裡正在辦活動，先結帳付款的話，用餐之後可以獲得味道濃烈的李子冰茶無限暢飲招待券。

冷氣比較強的室內座位早已被先來的人坐滿了，所以佩妮坐在徐徐吹來暖風的露臺座位上。今天和她共進午餐的人是莫格貝莉和毛泰日。由於訂單爆滿，三人正在苦等不曉得何時會送上桌的披薩。

「莫格貝莉樓管，折扣區堆滿了賽林．格魯克的『地球毀滅之夢系列』，無論怎麼賣還是不減反增。你們三樓是不是太不用心了啊？整天都在推銷地球毀滅的夢，我的頭都快爆炸了。」

「毛泰日，知道了啦，午餐時間你就別念我了。我也很頭痛啊。就算你不說，我也跟幾個三樓夢境的製夢師約好要開緊急會議了。」

「妳要去測試中心開會嗎？就是投訴管理局上面的那個貨櫃。我也很想進去看看……可以跟嗎？」

毛泰日的身體往莫格貝莉那邊貼，油腔滑調地問。

「很熱耶，可以離我遠一點再說話嗎？」

當他們兩人在聊工作的時候，佩妮翻開早上沒看完的《做夢不如解夢》日報。陽光太刺眼，所以她把日報拿到臉的上方，弄出陰影之後開始閱讀。

挑選聖誕節或生日這類特殊節日的禮物時，只要符合以下其中一項條件，就能獲得別人稱讚你是有品味的人。

一、如同再看一遍也好看的電影，後來再次夢到也有意義的夢。

二、爲做夢者量身打造的夢。

三、現實生活中無法實現，只能在夢裡體驗到的夢。

＊如果是剛交往的情侶，最好不要送跟「愛情」有關的夢。有可能會落得對方想起前任的狼狽下場，請多加注意。

佩妮心想之後一定要把這幾個條件抄下來，便將報紙折了一角後放回桌上。來到他們桌邊的店員一手拿著放了披薩、冰塊杯和果汁的托盤，一手擦汗。

「請問義式臘腸披薩是哪位的？」

「我的。」

佩妮邊回答邊把報紙收到旁邊，好讓店員擺放自己的披薩。店員一放好果汁，佩妮就倒入冰塊杯咕嚕咕嚕喝下。

「我可以看看嗎？」

毛泰日拿走佩妮放到一旁的報紙。

「當然可以。」

「有什麼好玩的新聞嗎？」

莫格貝莉邊問邊咬一口自己的菠菜披薩。幾根凌亂垂落的髮絲跟著披薩一起跑進她的嘴裡。

「這個嘛，沒什麼好玩的新聞……報紙不都是那樣嗎？不可能每天都有好玩的報導……啊，妳們看看這個。維果樓管得獎了！」

毛泰日攤開報紙的最後一頁，放到桌上。

達樂古特夢境百貨二樓「回憶區」夢境，十名編輯一致選為「成分最佳夢境」。

二樓回憶區的樓管維果．邁爾斯露出自信滿滿的表情，表示這是理所當然的結果。他大力推薦地說，出現回憶的夢境既沒有多餘的添加物，也不具刺激性效果，若想舒服地醒過來，就要做「回憶區」的夢……

（以下省略）

沒想到報上還刊登了維果得意洋洋，雙手抱胸的照片。照片中的他一副不懂爲什麼自己現在才得獎的表情。

「他是什麼時候接受這個採訪的啊？什麼成分、添加物……又不是化妝品，這些東西是什麼啊？」

佩妮雙眼圓睜，來回看著報導和莫格貝莉。

「製作夢境的時候，會加入很多材料，這個你們知道吧？雖然大部分都是增加沉浸感或提高清晰畫質所需的材料，但無論是什麼材料，過度使用的話，都會造成副作用。像是很難從夢裡醒來或是夢境變得亂七八糟。所以新的夢境在上市之前，所有成分的含量都要接受檢驗。不過，我們百貨店二樓回憶區的夢就不一樣了。就算只用極少量的材料，人的回憶也能創造出恍如昨日的鮮明夢境，而且那是做夢者本人的回憶，所以不會跟現實產生衝突或造成傷害。根據《資訊披露法》……」

「《資訊披露法》又是什麼啊？」

佩妮打斷莫格貝莉的話。

「《資訊披露法》是在一九九五年制定的法案，規定商品的外部包裝必須載明重要資訊讓消費者看到。除了商品名稱、製造日期和流通期限之外，還要額外標出有義務告知消費者的一百零一種刺激性材料的含量和製夢師姓名。我覺得擬定這個法案的人可能以爲夢境盒的包裝紙有兩公尺那麼長吧。甚至還有奇怪的例外條款，如果記載空間不足就可以省略，或是消費者另外詢問時再告知也可以。所以大家爲了省去刺激性材料的標記，開始取長長一大串的商品名稱，這樣的慣例一直延續到了今天。」

莫格貝莉像辯論家一樣解釋，說話都不用換氣。

「那個妳都背下來了？」

「我這個最年輕的樓管可不是白當的！」

「嗯，這樣聽下來還是不太明白。如果可以親眼看到製夢材料的話，或許會有助於理解。」

毛泰日一邊努力裝笨，一邊看莫格貝莉的眼色。佩妮覺得他肯定是故意裝作不知道的。

「是嗎？好，百聞不如一見，你們跟我一起去測試中心吧。測試中心也備滿了製作夢境的材料。但是開會的時候，不可以態度散漫，要認眞地坐著聆聽。因爲我們本來就是要去工作，不是去玩的。」

「沒問題！就等妳說這句話。」

毛泰日拿起刀叉，露出微笑。

「會議順利結束的話，應該還有時間採買材料。正好史皮杜請我買四樓要用的材料，購買清單還挺長的。這下剛好，你們幫我一起買就可以了。」

「聽說製夢所需要的五感材料那裡通通都有。也就是視覺、聽覺、嗅覺、觸覺，還有……味覺材料。妳知道我等這天等多久了嗎？」

開心的毛泰日很興奮，嘴裡塞滿了食物還在說話。手抓飯的米粒都飛了一顆到桌子對面。

「不過，你們有空嗎？開會時間是下禮拜三。我們不能隨意更換時間，已經跟夢境製作社的老闆們約好了。他們個個都是大忙人。」

「現在是月底，所以我沒差。這個月的業績早就達標了。就算我下個禮拜都請假，業績應該也跟五樓的其他員工差不多。佩妮，妳呢？」

「我也想去。下個禮拜三的話……上午的工作早點做完的話，薇瑟阿姨應該會讓我去！」

「佩妮，不要太勉強。」

「不過，是要開什麼會啊？跟投訴有關嗎？三樓收到的投訴好像也不少。」

佩妮詢問。

「沒錯，你們現在也去過投訴管理局了，講了也不至於聽不懂，不會像是雞同鴨講一樣。」

莫格貝莉從口袋掏出折得皺巴巴的紙給兩人看。

「老實說，最近因爲這件事我都快煩死了。」

投訴等級：第二階段──妨礙日常生活

收件人：達樂古特夢境百貨三樓

副本：賽林．格魯克、查克．戴爾、吻格魯

▲賽林．格魯克的「外星人入侵地球之夢」

情況極度緊張導致冒冷汗，起床後持續頭痛十五分鐘。

▲查克．戴爾的「五感奇異之夢」

過度投入而掉到床下，輕微擦傷。

▲吻格魯的「心動公車旅程之夢」

夢中公車上的旁邊乘客睡著，肩膀借對方靠，不敢吵醒對方，因而發生起床後仍頸肩痠痛的後遺症。

＊本報告乃根據投訴人睡夢期間語無論次的證詞撰寫而成，因此包含當事人的部分個人意見。

「全部都是針對我賣掉的夢。」

莫格貝莉搔頭。

「還以爲讓妳傷腦筋的只有賽林・格魯克的『地球毀滅之夢系列』，沒想到其他的夢也很麻煩啊。」

毛泰日說。

「開會的時候，你可別那麼說，因爲他們都是有實力、自尊心超強的製夢師。話說回來，眞擔心吻格魯製作的『心動公車旅程之夢』，說不定得停止販售。竟然才剛上市就接到投訴，這太不應該了。」

某個女子正在酣睡。

夢裡的她坐在公車的雙人座上。在夢中搭乘的這輛公車駛向陌生的羊腸小徑，路面不平，顚簸得厲害，坐到屁股都發痛了。

更令人在意的是，坐在女子右手邊的男子靠在她的肩上睡覺。雖然不知道前因後果，但夢中的女子與男子的心動愛情才剛開始萌芽。如果是實際發生的情況，她最好奇的肯定是那個男子是誰，可是不知爲何她總覺得男子的存在再理所當然不過。只是一些務實的念頭老跳出來干擾夢境發展。

「這輛公車要開往哪裡？我會暈車，所以一向都是搭地鐵啊……」

做夢中途一產生毫不相干的想法，雜念便無法克制地冒出來。入睡的女子現在甚至想起以前在地鐵與陌生人發生的不愉快了。當時那個陌生人靠著女子打盹，口水流了她一肩膀，之後還突然醒來便走掉了。

女子的沉浸感忽然被打斷，並動了一下肩膀，想叫醒男子。但是男子睡得不省人事。雖然男子就連入睡的模樣也很好看，但是在這麼顛簸的公車上，怎麼有辦法靠在別人肩膀上熟睡，眞是無奇不有。別說是生不出心動的感覺，女子甚至覺得他很厚臉皮。

女子整晚做了被迫讓出肩膀的夢，比應該起床的時間還要早醒過來。在夢中被男子靠著睡覺的右肩醒來之後還是很不舒服，就像被擠成一團一樣。搞不清楚是因爲肩膀痠痛才做那種夢，還是因爲做了那種夢才會肩膀痠痛。是因爲做夢這個複雜的大腦活動和自己入睡的身體產生了某種互動，所以才會發生這種現象嗎？女子一時感到神奇，卻又因爲抵擋不住睡意而再次入睡。

隔週三，幸好佩妮早早做完工作，才能一派輕鬆地離開夢境百貨。可能是因爲上班尖峰時刻已過，前往造夢園區的列車冷冷清清。車上乘客只有兩隻夜光獸、佩妮、毛泰日和莫格貝莉而已。

「莫格貝莉樓管，妳常常像今天這樣出來開會嗎？」

「開會是很家常便飯的事。我們店裡最常去造夢園區的人應該就是我？雖然我眞的很喜歡三樓的生動夢境，但是瑣碎的問題也很多。觸覺尺度也要控制好才行……」

跟佩妮並肩而坐的莫格貝莉長嘆一口氣。

「觸覺尺度？」

佩妮問。

「嗯……該怎麼解釋才比較好懂呢？好，假設做夢的時候，妳被敵人開槍射中。醒來之後，中槍的部位跟眞的中槍一樣痛的話，豈不是很可怕，那妳還敢買夢嗎？」

佩妮搖搖頭。

「包含疼痛在內的觸覺應該要做得弱一點，對吧？在夢裡感受到的感覺程度不用跟實際上的一樣。尤其是在呈現觸覺這方面，尺度不能過大的情況還更多。但是製夢師總是覺得『這點程度應該還好吧』，偷偷放大觸覺尺度。他們之所以那麼做，當然是因爲想要盡量讓感覺更逼眞。這也是爲何會有限制觸覺尺度的法律，壓迫感或痛感都包含在內。那是投訴管理局提出的特別法，現在也還在加強管束中。換作是以前的話，吻格魯的『心動公車旅程之夢』應該會被分類爲第一階段投訴，而不是第二階段投訴。」

莫格貝莉邊說邊用手帕擦掉鼻頭的汗水。

「話說回來，今天眞的好熱喔。希望列車通過眩嚇坡的時候會很涼。」

列車長可能也覺得很熱，在下坡路爲了降速而使用的「叛逆」比平常少。列車奮力往下坡路衝刺，佩妮一行人一邊尖叫，一邊樂在其中，但一起搭乘的夜光獸卻是跟列車長抱怨，說要是洗滌物都飛出去的話該怎麼辦。

所有夜光獸都在洗衣所前面下車後，列車上便只剩下佩妮、毛泰日和莫格貝莉三人了。雖然岩壁上的小賣鋪老闆拿著保健飲品，意興闌珊地嘗試推銷，但佩妮大力左右搖頭，表示不想買。

「那剩下的報紙免費送你們吧。」

老闆故作慷慨，把報紙丟到列車裡。過了午餐時間，早就沒用的菜單從報紙之間滑落。還有一張手掌大的紙跟著一起掉下來，那是一張散發紅色光澤的華麗宣傳單。

快來嚐嚐融入三十種情緒的雪花冰淇淋。
還有改變您一生的幸運餅乾。（先來先拿，送完為止）
「快閃紅色行動餐車，千萬別錯過囉！」

「那是什麼啊？」

佩妮一撿起掉到腳邊的宣傳單，毛泰日和莫格貝莉便同時發問。

「只是老掉牙的宣傳單。看來小賣鋪老闆除了午餐菜單，還幫忙夾宣傳單。」

不久後，列車行駛過上坡路，終於抵達造夢園區的三人立刻走向測試中心。位於形似樹墩的投訴管理局上方，像被颱風吹來卻安全著陸的貨櫃，就是他們的目的地。別說是中央廣場了，就連投訴管理局也比上次跟達樂古特一起來的時候還要冷清。可能是因爲正值上班時間，大家應該都待在建築物裡。

三人從滿是綠色植栽的一樓投訴管理局搭乘電梯來到二樓。

「歡迎蒞臨測試中心。麻煩出示一下出入證件。」

站在二樓入口的員工迎接三人。三人紛紛遞出掛在脖子上的出入證件。

「確認好了，謝謝。你們以前來過測試中心嗎？需要介紹的話，我可以提供協助。」

「不用介紹了，我來過。」

莫格貝莉謝絕對方。

「好的，明白。每一區都有我們的員工，若有任何疑問，歡迎隨時提問。所有的材料在入口處的結帳櫃檯結帳後，即可當場使用或帶走。還有，先跟各位備忘一下，目前聽覺測試區的工作室接下來一週都被預約了。」

二樓測試中心的內部結構很難一眼看清楚。從外面看上去，相互橫跨得有點危顫顫的貨櫃銜接處由連結各個空間的階梯組成，以層數來說的話，總共分成三層。

莫格貝莉用手指出散落於上下左右的空間。

「測試夢中出現的各種特定感覺，要用上的材料都不一樣，所以這裡分成視覺、嗅覺、觸覺、味覺、聽覺，還有其他材料。各材料區都配有工作室，而工作室全部是採預約制。聽覺測試區的工作室每次都很難預約到。」

佩妮發現在外頭看過的每一個繽紛貨櫃都是以特定感覺為主題所打造的空間。

「佩妮，妳看。那個點子是不是很讚呀？真希望我們店裡也能引進。」

毛泰日碰了一下佩妮，指向某個角落。

他指著的是方便載運各樓層物品、從階梯下方垂直延伸出來的無數滑輪。掛在滑輪上的大提桶裝滿物品從一樓升到三樓，又從三樓降到二樓，或從二樓來到一樓，繁忙地移動卻未發出半點聲音。

還有一個神奇的東西，那就是出入口對面的大型溜滑梯。有個女子輕快地溜滑梯，從三樓溜到一樓。俐落著地的女子用右手拍拍褲子後，慢悠悠地走往別的地方。

「我朋友說預約了離觸覺區最近的工作室，我們快過去吧。」

莫格貝莉走在前頭帶路。

「經過這裡的嗅覺區，再穿過視覺區的話，就會抵達觸覺區了。」

佩妮聞到從嗅覺區飄出來的各種味道，都快嗅覺疲勞了。毛泰日時不時停下，把旋轉架上分門別類放好的調香組拿起來聞，

「調香組很適合新手製夢師使用。還不熟悉怎麼製作背景的時候，叫出做夢者腦海裡既有的背景，效果會更好。沒有什麼比熟悉的香味更適合喚醒記憶的了。」

「沒錯，我也是聞到特定味道，就會浮現不少回憶。」

有兩個看起來比佩妮還年輕的製夢師正在互相比較幾組不同品牌的調香組，猶豫是否要購買。他們掏出口袋裡所有的錢，放到掌心上數錢。

「唉，我本來還想一起買配方書，但是還缺三十錫爾……」

其中一人露出沮喪的表情。

「購買調香組的話，會一起贈送其中幾款具代表性的香味配方，像是炊飯的味道、報紙的墨水味或水產市場特有的味道。客人的文化背景不同，懷念的香味也是

千差萬別，所以重要的是先決定想替怎樣的客人製作夢境。」

負責嗅覺區的員工站在新手製夢師的旁邊，開心地做介紹。大概是因爲沒有機會跟經驗老道的製夢師解說，現在終於找到人可以盡情賣弄準備好的知識，所以一臉開心的樣子。

「看到中間像冰屋一樣的圓帳篷了吧？」

莫格貝莉邊走邊說。

「那些帳篷都是工作室嗎？」

「沒錯，帳篷拉起來就代表正在使用，所以不能隨便闖入。」

入口拉鍊完全拉開的帳篷非常少，除了少數幾個之外，全部都是使用中。三人輕手輕腳地前進，以免發出腳步聲。

「好像超大型室內露營場地喔。」

毛泰日之所以那麼說，並非只是因爲外觀如同帳篷的工作室。進出工作室的人大部分都穿著運動服或適合戶外活動的機能性服飾。佩妮忽然有點擔心那些窩在工作室裡頭的人，不知道他們連續工作幾天了？有沒有回家？

三人現在穿過嗅覺區，往上走到另一個空間。向上的階梯側邊空間也沒浪費掉，裝飾成陳列物品的創意空間。

佩妮目不轉睛地看著陳列出來的巨大調色盤。

「哇！是三萬六千種純天然色調色盤。」

「嗯，從這裡開始是視覺區。一般的顏色都能用那個調色盤調出來，雖然也有價格方面的影響，但是幾乎沒有人可以完美使用它。最近好像除了娃娃・眠蒂以外，都沒有人買。」

莫格貝莉對眼睛不離調色盤、慢慢移動的佩妮說。

繼調色盤之後，在視覺區吸引住佩妮目光的是製作樣本的背景團。混色後像紙黏土一樣捏得圓圓的團塊單個單個包裝起來，商品旁邊放了搬家箱子大小的透明壓克力箱和說明。壓克力箱裡面只有一個孤零零的、已熄滅的燈籠。

將背景團放置於光源下方，即可投射出背景。

購買之前，歡迎體驗。

「這個製作夢境樣本用的『背景團』只要放在適當光源下，就能在狹小空間裡引起視線上的錯覺。雖然用途是製作夢境，但是也很常被拿來當指導新手製夢師或製夢師會議討論用的樣品。」

莫格貝莉打開壓克力箱的蓋子，透過圓孔把體驗用背景團塞入燈籠。電源一開，群青色底，紅一塊黃一塊的背景團瞬間縮小。背景漸漸在燈籠周圍同時蔓延開來，沒過多久，壓克力箱內部渲染得跟傍晚的天空一樣。宛如海岸傍晚的深群青色背景上，或黃或紅的煙火爆炸開來。毛泰日和佩妮整個人貼在箱子上，不斷發出驚嘆聲。

「太靠近的話，眼睛會瞎掉啦。」

莫格貝莉警告。

佩妮雖然想慢慢逛所有的感覺區，但是味覺、聽覺和其他材料區的所在位置跟這裡正好相反。

才剛來到視覺區旁的觸覺區，站在帳篷前的女子看到莫格貝莉便開心揮手。她的頭髮隨意繞幾圈綁在高高的頭頂上，腳上則穿著厚底氣墊拖鞋。

「妳跑來外面等我啊！」

莫格貝莉開心地打招呼。

「莫格貝莉，快來！謝謝妳特意跑一趟。」

「她是賽林．格魯克。打個招呼吧，他們是在我們店裡工作的佩妮和毛泰日。」

「妳好，我是佩妮。在達樂古特夢境百貨的一樓前檯工作。」

「我是毛泰日，在五樓工作。」

「謝謝你們過來。快請進。查克．戴爾和吻格魯應該快到了。我們先進去等吧。」

近距離看到的賽林．格魯克臉有點浮腫，彷彿熬了三天三夜。每當她移步的時候，拖鞋底部的氣墊就會發出像漏風般有氣無力的噗滋聲。

跟著她一進去，就會看到帳篷內部陳設十分簡潔。除了一般的影像設備和看起來很陽春的不明裝置，一切乾淨俐落。以光滑平整的白色材質製成的寬敞帳篷，足夠容納十個人左右。

「賽林，妳又在公司過夜了嗎？不要太勉強了。」

莫格貝莉看到她的氣色，擔心地問。

「最近新作品的事搞得我很煩。啊，對了。莫格貝莉，在其他兩個人過來之前，你們要不要先一起看看我的新作品？我也想聽聽兩位新朋友的真實想法，拜託你們了。」

賽林．格魯克從有鎖頭的箱子拿出背景團，接著放到帳篷中央的燈籠上。

「好，這是新的一號候選作品，應該不需要我多做解釋。」

她一按下遙控器，背景團便融化，將白帳篷染成五顏六色，然後帳篷內忽然暗下來，黑壓壓的一片。周圍突然傳來裝填子彈的喀嗟聲。手電筒燈光在佩妮眼前一閃而過，就像有人從外面探查工作室內部一樣。就在此時，聽見一聲宏亮的「在那邊！」持槍的特遣隊瞬間登場。

佩妮明知這一切都只是影像，但下意識裡還是覺得應該要躲起來，很想鑽到桌底下，好不容易才保持住自己的理智。毛泰日和莫格貝莉靜靜坐著，一副興趣缺缺的表情。

「你們覺得怎麼樣？」

賽林．格魯克觀察三人的臉色。

面。

毛泰日做出直截了當的評價，直白得讓人難以相信他跟格魯克今天是第一次見面。

「必須在遇襲村莊活下來的緊迫感……窗外閃現敵人影子，最後是在讓人屏息凝神、冷汗直流的關鍵瞬間猛然醒來。這和去年第一季推出的夢不是幾乎一模一樣嗎？好像只有把外星人改成了特遣隊？類似這樣的夢五樓多的是。順便一提，五樓的是賣剩的商品。」

毛泰日的直言不諱，絲毫不留情面，大受打擊的賽林．格魯克失神落魄地轉動無辜遭罪的原子筆。可能她身邊沒有這麼坦率的員工吧。

「那、那幫我看一下這個。」

賽林．格魯克從她帶來的箱子裡拿出另一個背景團，放入燈籠後按下遙控器。

這次帳篷內部染上夜空般的漆黑，緊接著一顆燃燒的隕石朝工作室飛過來。一陣「哐哐哐哐」，響徹帳篷的聲音不知道有多逼真，佩妮心想是不是該逃到帳篷外面，但表面上還是努力保持鎮定。即使身處混亂之中，莫格貝莉依然冷靜觀察，在紙上做筆記。毛泰日則是欲言又止，似乎很想做出辛辣的批評。

「怎麼樣？」

賽林．格魯克這次對佩妮發問。

「視覺效果很厲害。」

佩妮說了眞心話。

「妳眞的這麼覺得嗎？太謝謝妳了，佩妮！」

「可是這個也是之前出過的啊，只有視覺效果變好……這個應該也會很快就在五樓看到了吧……」

雖然最後一句話是毛泰日的自言自語，但是在這狹小的帳篷裡很難不被聽見。

佩妮戳了戳毛泰日的側腰。灰心喪氣的賽林．格魯克從燈籠取出背景團，隨便放回箱子裡。帳篷不知不覺變回了白色。

「問題出在哪呢？」

「妳好像太注重緊張感的呈現了。」

莫格貝莉根據寫好的筆記內容，理性地逐一列出問題點。

「『賽林．格魯克影像』的夢當然很出色，只是最近可以感受到逃脫快感的夢比較受歡迎。根據我對夢境百貨三樓客人的觀察，大家常買的是可以滿足想當英雄的心理或者像玩遊戲般痛快刺激的夢。」

就在此時，掛在帳篷外面的小鈴鐺發出晃動聲。

「看來他們兩個終於到了。」

賽林．格魯克從位置上站起來的時候，兩名男子走進帳篷。

「我們來了，沒有遲到太久吧？」

那是每次跟戀人分手都會剃光頭，因而保持短髮造型的吻格魯。還有一個頭髮及肩，髮型時髦的男子。

「嗨，莫格貝莉。夢境百貨的員工也在啊，第一次見到呢。我是查克．戴爾，專門製作色色的、性感的夢，代表作品是『五感奇異之夢系列』。」

查克．戴爾流暢地自我介紹。

佩妮和毛泰日不知不覺發出低沉的驚嘆聲。雖然不是如雷般的掌聲，但是這個反應充分展現出「我是你的粉絲」這句話，所以查克．戴爾露出志得意滿的笑容，像是在回應兩人的熱情。

「我跟他不一樣，偏好在作品中融入柏拉圖式戀愛。」

吻格魯插嘴。

「在這個純粹的精神戀愛不值一文的世界，我的層次略高一籌……」

「你就是因爲愛計較愛情的層次，頭髮才會沒時間長出來。」

查克．戴爾故意撥弄頭髮。

「莫格貝莉，妳有話要跟我說對吧？我已經知道大概的情況了。」

吻格魯趁她還沒開口之前，先下手爲強。

「你早就知道了啊？那說起來容易多了。對，沒錯，『心動公車旅程之夢』好像得全數召回。」

「這樣啊，沒有其他辦法了嗎？」

吻格魯坐在位置上苦澀地說。

「藉這個場合，大家一起討論看看之後該怎麼辦吧。」

「好，畢竟我們三個的作業方式和煩惱都差不多。」

「三位的作業方式都差不多嗎？看起來完全不一樣耶。」

毛泰日感到訝異。

「專長都是觸覺這一點很相似啊。製夢師早在出道之前就知道自己擅長營造哪種感覺了。」

查克・戴爾說。

「要在夢裡完美呈現五感幾乎是不可能的事，因爲夢中的感受會跟做夢者的眞實感覺不斷產生交互作用。所以比起逼眞地重現所有感覺，大部分的製夢師通常會專注在特別該著重的感覺上，而且那樣效果也比較好。被稱爲傳奇製夢師的名家正因爲每種感覺都能面面俱到，所以才會那麼出名。」

吻格魯補充說明。

「齊聚在這裡的我們三個以製作逼眞感夢境出名，尤其在觸覺這方面，算是最具才華、最名符其實的製夢師。」

賽林・格魯克充滿自信地說。

可以像那樣說自己具有做某件事情的才華，讓佩妮相當敬佩。

「所以啊，你們要多把注意力放在觸覺上，大膽地省去背景設定，這樣說不定會更好。我覺得妳的夢之所以會出現問題，是因爲沉浸感不夠。那樣的話，其他感覺當然會造成妨礙。沒必要去在意睡醒之後肩膀痠痛的現象，觸覺尺度現在已經壓得夠低了。」

莫格貝莉明確地說。

「意思是要我讓大家腦海中的回憶自然而然地變成背景，不必刻意設定好所有的背景？」

「嗯，我就是那個意思。」

「我也覺得滿有道理的。只要跟回憶結合得好，就足以讓人激動雀躍。應該能收到大量的『心動』當作夢境費。像現在這樣勉強創造背景的話，只會增加失敗的可能性。畢竟不是誰都能像娃娃．眠蒂那樣創造出完美的背景啊。」

查克．戴爾對莫格貝莉的想法表示贊同。

「好，如果大家這麼覺得的話……我可以做個測試嗎？剛好現場有兩位合適的測試者。」

吻格魯邊看佩妮和毛泰日邊說。

「我也有帶樣本過來。」

查克．戴爾從口袋中掏出盒子。

「測試者……是指我們兩個嗎？」

佩妮輪流指向自己和毛泰日並詢問。

「沒錯，我先來，查克。」

「隨便你。」

吻格魯從位置上站起來，把背景團放到燈籠之中。那個團塊什麼顏色或花紋都沒有。就算打開電源，也沒發生任何事情，跟剛才賽林・格魯克展示的樣本截然不同。

「你們兩個，食指指尖互相靠在一起。」

兩人糊里糊塗地按照吻格魯的指令，指尖慢慢靠上去。許久不曾感覺到的悸動從指尖流竄到全身。佩妮感到一陣「酥麻」，一顆心怦怦跳，就像學生時期自己的手不小心碰到隔壁桌男同學的指尖一樣。荒唐的是，「如果就這樣牽起手來會怎樣？」的衝動順著指尖油然而生。

佩妮和毛泰日彷彿幾乎在同一時間感覺到相同的情緒，忽然從椅子上跳起來，全身起雞皮疙瘩。

「妳在幹麼！」

毛泰日大喊。

「我什麼也沒做啊。你才是想幹麼吧？」

佩妮不甘示弱地回嘴。

「你們兩個別吵了，要怪就怪我太厲害吧。」

吻格魯尷尬地撫摸剃光頭髮的頭。

「所以你們兩個剛剛浮現了什麼背景？」

佩妮恢復冷靜，沉穩地回答。

「我想到了學生時期的教室。」

「咦？我是想到常去的餐廳耶。」

吃驚的毛泰日跟佩妮一起看向吻格魯。

「非常成功，太出色了。如果你們能各自想起適合本人的背景，那就不用糾結於背景的製作了。」

「眞的好神奇。只憑指尖觸碰的感覺，是怎麼會想起互不相同的記憶呢？」

毛泰日現在好像很景仰吻格魯。

「那是因爲你的心裡保有美好的回憶。無論是實際發生過的經驗，還是透過電影或電視劇間接體驗的，都沒關係。無窮無盡的回憶永遠都是很棒的夢境背景，只要給予適當的刺激就可以，好比剛才那樣輕碰指尖、聞到特定味道或是聽到聲音等等。」

內心保有的滿滿回憶必要時可以當作隨叫隨到的夢境背景，佩妮覺得這想法眞的很不錯。她從來不曾想過這一點。

「好，那我的也拜託你們啦。一樣指尖輕觸就可以了。」

緊接著查克．戴爾把樣本放入燈籠之中。

毛泰日和佩妮這次也迷迷糊糊地欣然接受查克．戴爾的測試請求，但是在指尖碰到之前，不安的念頭一閃而過。因爲查克．戴爾是製作春夢的製夢師。

佩妮一邊祈禱幻想不要成眞，一邊將自己的手指靠上毛泰日的胖手指。

始於指尖的顫慄沿著手肘，酥酥麻麻地蔓延到全身，令佩妮極度害怕的情緒一湧而上。動作明明跟剛才一樣，感覺卻截然不同。那是不由自主開始互相接吻也不會覺得奇怪的熱烈情緒，佩妮差一點就要衝到帳篷外面，嚇到從位置上猛然站起來的毛泰日也是一副不舒服的表情。

「看你們的反應，我也是寶刀未老呢。」

查克．戴爾十分滿意。

「別再叫我做這種事了。」

毛泰日滿臉通紅，打了個冷顫。

三位製夢師和莫格貝莉後來又談了許久，討論五感的呈現或保存，以及讓實際時間和夢裡的時間不一樣等話題。

佩妮被捲入複雜的討論漩渦之中，狂捏大腿，忍住睡意。

「由於我還得跟達樂古特先生報告，這個樣本我就帶走啦。」

莫格貝莉起身拿樣本時椅子往後推的聲音，嚇了佩妮一大跳，睡意全消。

「討論完了？」

毛泰日邊撓後頸，邊用慵懶的聲音問。他剛剛肯定也在打瞌睡。

「唉，你一直在打瞌睡對吧？」

「沒、沒有啦，我都有聽到。」

「騙人，那你說說看他們三個決定製作什麼新作品。如果有聽到的話，應該知道吧。」

「呃，就是……他們三個要一起製作夢境。應該是平均融入心動、香豔和壯觀等感受的夢吧……那就是跟暗戀對象一起逃離危險，正繾綣難捨之際，在突然飛來砲彈的戰爭背景下熱吻的夢……？」

莫格貝莉一臉驚訝，看來毛泰日瞎編的話說對了。

「你很會編嘛。」

「好啦，我們是時候該回公司了。好累啊。」

賽林．格魯克一邊打哈欠，一邊站起來。

「我們也快點採買該買的材料就回去夢境百貨吧。就是史皮杜拜託我買的那些材料。」

莫格貝莉邊說邊收拾包包。

一行人走出帳篷便各自解散。

「好，買完這上面列出來的感覺材料的話，今天該辦的事情就做完了。材料區四散各處，所以各自負責一種吧。每一區都有員工，找不到的話就問問看。」

莫格貝莉將需要的物品抄在便條紙上，拿給佩妮和毛泰日。

「全部買好之後，在入口處的結帳櫃檯會合！」

隨便瞄一眼也看得出來，交給兩人採買的物品比莫格貝莉負責的部分還要多，但是兩人連抱怨的機會都沒有，莫格貝莉便揮揮手，迅速消失於帳篷之間。

「我要去上面那邊。」

毛泰日指出最上面的聽覺區。

「說不定下來的時候可以玩個溜滑梯……」

「那我先去那邊了，待會見。」

佩妮小跑步跑向其他材料區。

其他材料區的氣氛毛泰日應該會很喜歡。自由奔放的氣氛像極了達樂古特夢境百貨的五樓，但是跟來客數相比，員工人數遠遠不夠。看來可以的話，還是得自己親自找材料。佩妮拿了一個現場提供的黃色提籃，開始在其他材料區走來走去。

這個地方陳列了沒法一眼看出用途的物品。佩妮就像來到金銀島的海盜，睜大眼睛。她站在好像碰到就會嘩啦灑落的道具底下，努力不要忘記自己該做的事，迅速掃視莫格貝莉抄給她的便條紙。

「我看看，要在這裡買十二個『舒爽的薄荷』、兩組『跌倒的重心』。」

佩妮經過裝了發出臭味的籃子和不明桶子的推車，好不容易才找到需要的東西。商品說明上寫著睡醒之後感到暢快的「舒爽的薄荷」只能用在三十分鐘以內的午覺夢中，而「跌倒的重心」注意事項長達好幾頁。

雖然可以在入睡者不小心睡著的狀態下，使其重心往後倒，一下子趕走睡意，但是可能會因爲嚇一跳而發出滑稽的聲響，或是坐在椅子上的話，可能會造成挫傷與重大傷害，因此嚴禁對老弱婦孺使用。此外，務必遵守建議用量……

「變鮮明的色素」濃得好像只要加上一滴，整桶水就會被染色。旁邊還有「吸取用的滴管」。根據商品說明，那是吸出顏色或調整加錯材料的工具。

佩妮在按照大小陳列的滴管前面，看到了發出悶哼聲的矮精靈。矮精靈大力抱住滴管的橡膠帽，試圖往下壓卻力不從心，因此對員工發脾氣。

「也替我們做小一點的啊！說什麼善書者不擇筆，那都是過去的事了！」

佩妮提心吊膽地一邊盯著矮精靈，一邊路過，深怕他會弄掉玻璃製成的滴管。

果不其然，沒多久矮精靈那邊就傳來啪啦的聲音。

佩妮避開喧譁，走入深處。她得找到叫做「助眠白噪音」的卡帶。雖然這很像是會在聽覺區看到的材料名稱，但她相信莫格貝莉寫的「在其他材料區」這句話。

佩妮蹲下來仔細查找最底層的貨架。終於看到放滿卡帶的箱子，無聲地在內心大大歡呼。

佩妮把「助眠白噪音」放入提籃，正要站起來的時候，發現對面走道上的熟人。

那是踢克．休眠和製作「動物做的夢」的艾尼莫拉．范喬。他們好像沒有看到佩妮。

「范喬，那是什麼材料啊？買這麼多？」

踢克對雙手拿滿材料的艾尼莫拉．范喬打招呼。

「踢克先生，你好！因爲我沒辦法常常下山，所以打算一次買齊。要不是有去年獲得的暢銷作品大獎的獎金，我根本沒法像這樣大手筆購物了。」

范喬露出憨厚的笑容並回答。

「那個隱形眼鏡是新款嗎？」

踢克．休眠稍微舉起其中一手支撐的拐杖，指著某個東西。從佩妮這個方向看不太清楚那是什麼。

「啊，這個叫做『青蛙隱形眼鏡』，我也是第一次試用，聽說是可以重現青蛙視野的隱形眼鏡。我想製作看看青蛙會想做的夢。您也試用看看吧，您製作的不是變成動物的夢嗎？」

「如果是青蛙的視野，那應該看起來都是灰色的吧。很可惜，在製作人類體驗變成青蛙的夢境時，應該派不上用場。」

「爲什麼？」

「如果在夢裡以青蛙的視野觀看，做夢者只會浮現『咦？爲什麼看起來是這樣？』的念頭，而不是『原來我現在變成青蛙了啊』，所以反而很難專心。人們想體驗到的青蛙特質應該是用後腿奮力往上跳，或是自由自在穿梭於水陸之間。」

「聽您這麼一說，確實是這樣呢。像我的話，身爲人類的我得重現動物的感覺，所以專注於動物所擁有的感覺，但您製作的時候得更加強調人們普遍會想到的動物的超凡感覺，而不是重現動物實際上擁有的感覺。是我誤會了，還以爲我們製作的夢境很類似，今天學到了很多呢。」

佩妮安靜地往反方向走，以免吵到專心討論工作的兩人。

這一區的盡頭有形形色色的粉末，分別用布袋裝了起來。佩妮一邊打量布袋，一邊走向堅守崗位的員工。

「請問這是什麼？」

「這是情緒粉末。」

員工吃力地把歪倒向一邊的布袋扶正並回答。

「是把情緒做成粉末狀嗎？」

「對，情緒粉末的濃縮程度比原本的形態還要高，用量也比液態狀的難控制，用途十分有限，所以只被用來製作夢境。在這個袋子裡用茶匙裝入您需要的用量就可以了。各款情緒的每公克價格都不一樣。」

佩妮覺得這裡很像小時候週末跟父母一起去的傳統市場。一點一點舀入所需要的量，然後過秤確認價格的畫面，勾起了她的懷念。

佩妮到處東張西望，來到了有負面情緒粉末的地方。這裡沒什麼人，所以莫名覺得陰森。正想轉身離開的時候，角落傳來竊竊私語的說話聲。站在深紅色「罪惡感」粉末前面，放低音量說悄悄話的人佩妮也認識。那是製作「惡夢」的邁可森和聖誕老人尼古拉斯。

「幸好『罪惡感』還是很便宜，我們需要的用量很大呢。」

「我也沒想到生意會那麼好。邁可森，你跟亞特拉斯是如此的相似又不同。我更喜歡你。」

尼古拉斯啪地一聲拍打邁可森的後背，哈哈大笑。

「亞特拉斯？」佩妮好像在哪裡聽過這個名字，但實在想不起來是在哪裡聽到的。怕就這樣不吭一聲站著像是她在偷聽，佩妮故意碰了碰旁邊的布袋，發出聲響，表示這裡有人。

「哈哈，妳好。沒想到會在這裡見到妳。」

在意料之外的地方碰到佩妮，好像讓邁可森嚇得不輕的樣子，他手上正在舀的「罪惡感」嘩啦落地。邁可森下意識裡彎腰，直接赤手把「罪惡感」掃起來。或許是因爲這樣，他突然一副深陷罪惡感的樣子。

「啊，糟糕，應該要小心別弄掉的，都是我的錯。我眞的是無藥可救的笨蛋。」

邁可森難受地扯頭髮，佩妮一時也不知道該如何是好。

「怎麼辦？不過，這麼多『罪惡感』你是打算用在哪裡啊？」

「啊，那個啊……是商業機密，抱歉。」

因爲佩妮隨口提出的問題，邁可森在眞的很想告訴她的念頭和應該保守的祕密之間左右爲難，露出非常痛苦的表情。

「不用回答沒關係啦。應該是製作新作品時需要的吧。我看得先清乾淨掉落的粉末才是。」

「處理這種情緒粉末的時候，要戴好口罩和手套。那樣就不會有問題了。」

尼古拉斯讓自責的邁可森後退一點，並安撫佩妮。

他戴上放在布袋附近的拋棄式口罩和手套，彎腰掃起撒落一地的「罪惡感」粉末。佩妮也趕緊戴上手套，彎腰幫忙。

就在此時，一疊紙從彎著腰的尼古拉斯的背心外套裡滑了出來。

快來嚐嚐融入三十種情緒的雪花冰淇淋。
還有改變您一生的幸運餅乾。（先到先拿，送完爲止）
「快閃紅色行動餐車，千萬別錯過囉！」

尼古拉斯慌慌張張，迅速攔截那疊紙，塞到口袋裡，然後乾咳幾聲。他仔細觀察著佩妮的反應，不確定她是否有看到。雖然他的模樣看起來莫名可疑，但佩妮還是出於本能地假裝沒看到。那個明明剛才在小賣鋪看到過，是夾在免費報紙裡的宣傳單。

「話說回來……佩妮，妳來這裡有什麼事嗎？」

尼古拉斯若無其事地顧左右而言他。

「我在這裡也有要買的東西，不是故意來打擾你們的。哎呀，現在不是在這裡閒聊的時候，我先走囉。」

佩妮想到正在等候的莫格貝莉和毛泰日，趕緊離開現場。不出她所料，莫格貝莉已經在入口等人了。

「毛泰日還沒買完嗎？」

「他還在那邊玩。」

莫格貝莉指向大型溜滑梯。毛泰日高舉雙手，從滑梯上溜下來。

「毛泰日，別玩了！這都已經第五次了。」

眉開眼笑的毛泰日走向佩妮和莫格貝莉。

「這裡眞的太好玩！是說，佩妮妳怎麼拖那麼久？」

「花了很多時間找東西，還遇到認識的人。其實我剛剛碰到尼古拉斯先生和邁可森了。」

「尼古拉斯?他淡季的時候不是都待在萬年雪山上的小屋嗎?」

毛泰日邊說邊拉下因爲溜滑梯而捲起來的褲管。

「莫格貝莉樓管，尼古拉斯在非聖誕季節的淡季裡，都在做什麼啊?他好像和邁可森在做什麼事耶……他們兩個要製作新的夢嗎?妳知道什麼內幕消息嗎?」

「我也不清楚。雖然是聽說過尼古拉斯最近沒有老待在屋子裡，常常往市區跑，但我不知道他跟邁可森在做什麼。」

「當時的氣氛給我一種不能多問的感覺，所以我就老實待著，早知道我就問問看了。他們還買了一大堆『罪惡感』粉末。」

佩妮雙眼充滿好奇地說。

「『罪惡感』粉末?是要用在哪裡啊?」

莫格貝莉感到訝異。

「這個材料跟邁可森很搭耶。看來他今年打算製作更嚇人的惡夢。但是製作惡夢的邁可森和在聖誕節替小孩製作夢境的聖誕老人，這種組合……聖誕老人不會是多了一個欺負小孩的怪癖吧?」

毛泰日開玩笑地說。

「怎麼可能？」

佩妮很後悔剛才沒有向邁可森打破砂鍋問到底。

第六章
淡季的聖誕老人

翌日，佩妮早上爬不起來。天氣依舊炎熱，她出門之後跑了一會鼻頭便開始冒汗，所以又放慢速度，開始用走的。雖然應該沒時間在夢境費倉庫看《做夢不如解夢》，但就算慢慢走也不會上班遲到。

商圈的地面一如往常地乾淨，一個骯髒的腳印都沒有。但是從圍住矮精靈鞋店的牆，再到周圍的電線桿，全都貼了密密麻麻的宣傳單，所以看起來很亂。有一群穿睡衣的人聚集在牆壁前面看宣傳單，佩妮只好站在他們的後面踮起腳尖看。

快來嚐嚐融入三十種情緒的雪花冰淇淋。
還有改變您一生的幸運餅乾。（先到先拿，送完為止）
「快閃紅色行動餐車，千萬別錯過囉！」

那是去測試中心時，從尼古拉斯的口袋掉出來的宣傳單。這些全部都是尼古拉斯貼的嗎？他怎麼會突然決定投身於行動餐車事業？宣傳單正好貼在大人視線所及的高度。這些應該會很受小朋友歡迎的冰淇淋宣傳單通通貼在成人才看得到的地方，令佩妮有點在意。其他人就算了，但行銷手法高明的尼古拉斯應該不會錯過這種小細節才對。

佩妮看了一圈四周，並沒有看到紅色行動餐車之類的東西。她思考了一會，轉身離去。汗水正從後頸往下流，佩妮拋開現在吃不到的雪花冰淇淋，只想快點到百貨店吹涼爽的冷氣。

百貨店不如期待中的涼爽。先來上班的薇瑟阿姨站在前檯。

「薇瑟阿姨，空調該不會壞掉了吧？」

佩妮看著頭髮緊綁、用手搧風的薇瑟。

「聽說是昨晚突然壞掉的，已經約了維修技師下午過來。在那之前，只能敞開大門，忍耐一下了。真擔心客人會覺得很熱。」

「怎麼會這樣？我在今天下班之前就會融化了吧。」

「把天花板吊扇的風速調快一點吧。對了，投訴管理局來了通知，說領走的投訴案件處理好的話，就寫封簡單的回信給他們。我已經事先通知過各樓樓管，要他們先做文書處理作業，今天應該處理得差不多了。上午這段時間妳可以幫忙到各樓層收文件嗎？我現在有個地方要去。」

「好，知道了。不過，您要去哪裡啊？」

「……我要去銀行存放夢境費。」

薇瑟努力裝作沒看到大汗淋漓的佩妮。

「原來是要去銀行啊……銀行應該很涼吧……」

「佩妮，別用那種眼神看我。我絕對不是爲了吹冷氣而去銀行的。碰巧今天要存放的夢境費特別多，我能怎麼辦呢？」

薇瑟阿姨走出敞開的店門口，步伐看起來很輕盈。

佩妮決定趁客人還沒變多之前，先到各個樓層收投訴管理局文件。二樓沒有接到投訴，所以她直接去了三樓。

「拿去，佩妮。這些是三樓收到的投訴案件。解決好的案件或對策我都仔細標示出來了，投訴管理局應該也會感到滿意的。」

莫格貝莉給了好幾張文件。用五顏六色的迴紋針整理好，並使用不同顏色的螢光筆標示，很像她的作風。

四樓的史皮杜也不負期待地備妥了所有文件，正等佩妮來收。

「我早在薇瑟樓管拜託我的那天就弄好了。怎麼到現在才來收啊？」

「那您可以直接拿到前檯啊……是說，您手上的文件不用給我嗎？」

「這是我的，保管用。為了明年的加薪，當然也要事先做準備。佩妮，永遠都要替自己留一份影本。」

最後來到五樓的佩妮才剛開口對第一個看到的員工說：「我是來收投訴文件的。」那個員工就默默避開她的目光，連毛泰日也是。

「還沒整理好嗎？」

因為很熱而變得敏感的佩妮只是稍微大聲了點，其他員工便把毛泰日推出來。

「佩妮，看看我們現在的情況，妳覺得我們有空處理那種瑣事嗎？通融一下嘛，簡單敷衍幾句也是個方法呀。就像我以前說過的，我實在不明白五樓為什麼會接到投訴。這裡是折扣區啊！就是因為有瑕疵才便宜賣掉的。妳就放過我吧，我真的對文書處理一竅不通。」

佩妮這才知道原來也有毛泰日沒信心能辦好的事情。

「毛泰日，就像你說的，五樓好像也得有一個樓管才對。」

回到前檯的佩妮整理投訴文件時，發現了一件事。除了申訴的客人之外，還有另外兩名最近都沒來的老顧客，分別是三三〇號和六二〇號客人。但是再怎麼睜大眼睛仔細找，也沒看到他們的投訴紀錄。他們是悄聲無息突然就不再來了。

佩妮一隻手搧風，另一隻手點開夢境支付系統的視窗，想找三三〇號和六二〇號客人的資訊。雖然天花板上的吊扇已經以最高速在運轉，還是戰勝不了炎熱。

佩妮熱到沒辦法專心看畫面上的內容。正想起身去休息室拿冰水的時候，大廳的客人突然指著馬路對面，蜂湧而出跑到店外。

「紅色行動餐車停在銀行的前面了！」

「是那個宣傳單上的紅色行動餐車嗎？那可以吃到雪花冰淇淋嗎？」

正如他們所說的，紅色行動餐車真的停在了銀行前面。

「大家在喧譁什麼啊？」

正好從銀行回來的薇瑟被堵住銀行前方的人潮給嚇得目瞪口呆。

午餐時間一到，佩妮便跑向行動餐車。因爲天氣熱得她實在沒胃口，就只想吃冰的。斑馬線附近仍然聚集著比平常還多出兩倍的人潮。

在咕嘟咕嘟沸騰的洋蔥牛奶之類的熱食行動餐車之間，只有紅色餐車散發出冷氣，使周圍一片涼爽。

附近的其他餐車老闆來到車子外面，不是偷瞄那輛紅色餐車，就是漠不關心、無精打采地攪拌著牛奶。賣不出去而剩下很多的洋蔥牛奶似乎因爲煮得過久而黏在了鍋底，所以周圍飄出比平常還要黏稠難聞的味道。

佩妮站在買雪花冰淇淋的隊伍盡頭，一眼就認出那兩個在紅色餐車裡忙碌的男子。不出她所料，正是尼古拉斯和邁可森。尼古拉斯忙著把冰淇淋舀到水晶圓杯再遞給客人。他的雪白短髮、鬍子和那潔白無比的圍裙，讓他看起來就像會動的雪人。

「兩個含有『刺激』的冰淇淋對吧？」

接過雪花冰淇淋的學生拿著雪綿綿般的藍色冰淇淋經過佩妮旁邊。他先是拍了一張網美照，然後吃一口後，全身顫抖，發出讚嘆。

「哇，就是這個味道！」

稍微露出來的開放式冷藏櫃裡，放滿佩妮之前也有喝過的「含有十七%爽快的碳酸飲料」碎冰塊。應該是尼古拉斯直接從雪山帶下來的。

而邁可森一臉認眞，站在比較裡面的烤箱旁邊。他的黑色圍裙因爲麵粉的關係，變得一片白濛濛的。

邁可森從烤箱拿出一盤軟軟的黃色餅乾麵糰，將事先備妥的長紙條塞入麵糰後，再快速封起來。那個手法的熟練度看起來他不只做過一、兩次。

「那個人在做什麼啊？」

大家竊竊私語，盯著邁可森。

「讓各位久等了。這是先到先得的幸運餅乾。不用錢。」

邁可森擺出裝滿幸運餅乾的托盤和一個清晰可見的大型告示牌。

為您帶來正向改變的幸運餅乾。
雖然吃愈多效果愈佳，
但是請多爲他人著想，一次拿一個。
▲注意，幸運餅乾裡的籤文請獨自閱讀！

拿到冰淇淋的人也分別拿了一塊幸運餅乾。佩妮很想快點拿一個幸運餅乾，但是脫離買冰淇淋的隊伍的話，順序好像會被擠到很後面。佩妮正想數前面有多少人，以確認幸運餅乾夠不夠的時候，這才發現前方那個非常認眞在挑冰淇淋的男子是達樂古特。

「達樂古特先生！」

佩妮開心地叫他，達樂古特邊挖一口草綠色的冰淇淋，邊走到佩妮旁邊。他沒有拿幸運餅乾。

「佩妮，這個冰淇淋眞的好好吃。不過，這輛鮮紅的行動餐車啊，一看就知道是誰的喜好，不是嗎？」

「我完全不知道尼古拉斯先生和邁可森一起創業了。不過，您不去拿那個幸運餅乾嗎？免費耶！我要吃一個看看。」

「佩妮，吃尼古拉斯免費發放的餅乾時，要做好夢境變得一團糟的心理準備喔。尤其是跟邁可森一起製作的餅乾……說不定夢境會變得波濤洶湧。」

達樂古特意味深長地說。

某社區的公寓中正在往上升的電梯裡，有一對年輕夫妻，以及抱著貓咪外出籠的少年。夫妻倆往少年抱在懷裡的籠子裡面看。

「你的貓眞可愛啊。」

「妳喜歡貓嗎？」

「喜歡啊。貓咪太可愛了，我很想養，但是沒有機會。畢竟如果不是能好好顧貓的人，還是不要隨便養貓比較好。」

女子和藹地說。

「沒錯。我媽媽也說想養動物的話，要很有責任感才可以。其實，我這隻貓也是從收容所帶回來的。聽說被前任主人棄養了。」

「好可憐喔！怎麼可以這樣啊？」

「對吧？如果是叔叔阿姨這樣的人就好了。我要先走了，再見。」

少年出電梯之後，夫妻倆一陣爆笑，也不知道在笑什麼。

「他的父母應該覺得很麻煩吧。養孩子還不夠，還要養貓。」

「好可憐喔！怎麼可以這樣啊？」

男子嘻笑著模仿了一遍女子說的話。

「別鬧了。」

天生一對的這兩個人行爲舉止和思考方式都很類似。

還住在以前的住處時，兩人曾經衝動養貓，但在搬到這裡之前就把那隻貓丟到路邊了，一點罪惡感也沒有，好像這麼做是要讓貓回歸大自然一樣。就算走到馬路對面很遠的地方了，仍然注視著他們的貓眼依舊歷歷在目。

「我們也是有苦衷的啊。」

「沒錯，誰知道我對貓毛過敏啊。」

「事前不知道，那也是沒辦法的事。」

無論是什麼事情，他們都能找到藉口。因爲家境不好、因爲身體不好、因爲活著很累……對他人毫不留情，卻替自己的行爲找盡各種理由，合理化自己的行爲。

裝親切是一件很簡單的事。故作體貼，假裝討厭給別人帶來麻煩、假裝喜歡小孩和動物，對他們來說再簡單不過了。就算拐騙無家可歸的小孩，狡猾地搶走政府津貼也沒出事。兩人認爲自己只是耍點小聰明，拿走不勞而獲的錢而已，所以絲毫罪惡感也沒有。他們也沒有特定的工作，就靠騙來的錢財吃香喝辣，過著舒服的日子。

儘管看過眼尖的鄰居對自己指指點點，也曾讀過批評自己的貼文，但兩人還是不痛不癢，裝作不知道，等事情變嚴重的話就搬家走人。

「哎唷，躺著眞舒服。這次拿到的錢還不少，人果然要多動腦筋才行。」

夫妻倆躺在裝飾豪華的臥房裡。

「你也是眞夠沒良心的。都不會覺得對不起那些孩子嗎？」

「我不是因爲感到抱歉，所以送了一萬韓元的文具組了嗎？那些孩子還對我說『叔叔，謝謝。』呢。」

聽到先生的話之後，妻子笑到快喘不過氣來。

「名聲、良心什麼的，根本沒辦法帶來舒適的床鋪。」

「說得沒錯。」

這對沆瀣一氣的夫妻蓋著柔軟的棉被，一邊打呼，一邊進入夢鄉。

兩人在夢裡發現人潮聚集的那輛紅色行動餐車和免費幸運餅乾。

夫妻倆沒意識到入睡後的行爲舉止不如日常生活中那般靈巧，明目張膽地露出本性。

兩人像事先策畫過一樣，一人負責用身體擋住幸運餅乾托盤，另一人粗魯推開周圍的擁擠人群，將免費的餅乾狂掃一空。

也不管周遭其他看到空托盤的人們一臉失望或是出聲痛罵，兩人露出滿意的笑容，爭先恐後貪婪地把餅乾塞到嘴裡。

「呸，這是什麼東西啊？」

女子這才發現匆匆吞下的餅乾裡有紙條，趕忙用手指抽出嘴巴裡的紙條。

——**負罪者夜夜寢不能寐**。——

「這是什麼鬼話啊？讓人很不爽耶？」

女子眉頭緊皺。

「那是什麼啊？丟了吧。」

男子抽走紙條，捏皺丟到地上。兩人接著你儂我儂，將剩下的餅乾全吃進嘴裡。夾雜深紅色澤的奇妙幸運餅乾吃起來香甜可口。

沒過多久，分著吃完幸運餅乾的兩人進入更深層的睡眠。

夢中的兩人正在被一隻巨貓追趕。體型大如房屋的貓在後方一百公尺威脅著他們。被嚇壞的兩人每挪一步試圖逃跑，巨貓就往前十步，離他們愈來愈近。貓嘴散發出有如烈火般的熱氣，兩人感覺到了後腦杓的灼熱。

正當覺得那隻巨貓長得就像自己棄養的貓，巨貓瞬間化身為好幾百名小孩子。如松樹般聳立的孩子們肩併肩，將兩人團團圍住，然後縮小圓圈範圍，彷彿要把他們變成扁扁的美式鬆餅一樣。

「爲什麼要那麼做？你們以爲可以瞞天過海嗎？爲什麼要那麼做？爲什麼！」

身形高大的孩子們兩眼無神，喃喃自語的聲音聽起來很恐怖。兩人愈是想要移動逃跑，就愈是慢慢被拉進泥濘的地底中。

房裡。

「打起精神來，我們是在做夢。這不可能是眞的。」

他們爲了從睡夢中醒來，腳趾和手指奮力掙扎，試圖清醒過來。

也不曉得是不是奏效了，兩人突然睜開雙眼，環顧四周後發現自己在睡覺的臥房裡。

「呼，原來是在做夢。」

安心下來喘了口氣後，想看看躺在一旁的配偶，頭卻轉不過去。

「呃呃……」

這次是想用嘴巴發出聲音，但是下巴肌肉不聽使喚，嘴巴也像被膠水黏住一樣張不開，就算使盡吃奶的力氣，也只能發出模糊的聲音。

由於無法轉頭，視線所及之處只看得到臥房的窗簾。雖然不記得有開窗戶，窗簾卻隨風飄揚。被風吹動的窗簾像鬼魅的頭髮一樣分成兩半，窗簾之間又冒出了剛才看到的那隻貓。兩人雖然想尖叫大喊「啊！」，卻發不出聲音，就在此時，巨貓衝過來撲向兩人。

「呃啊啊！」

這次眞的發出了尖叫聲，兩人同時從夢中醒來。他們倆滿頭大汗，髮絲全黏在了額頭上。雙手靠在劇烈跳動的心臟上，安慰自己只是做了惡夢而已。

「是夢到深受罪惡感折磨的夢了嗎？不對，我不可能做那種夢。」

再次入睡之後，又反覆做了類似的惡夢。兩人陷入了生平第一次感受到的恐懼當中。不知道這場惡夢會反覆上演到什麼時候，跟想逃就能逃走的現實不一樣的是，在夢裡不但沒辦法隨心所欲地行動，就算只是睡短短的五分鐘，痛苦的時間感覺起來卻是加倍的長久。夫妻倆熬了一整晚，雙眼布滿血絲。那是他們這輩子所經歷過的最漫長、最恐怖的一晚。

自從那天之後，雖然惡夢不會天天找上門，但是在快要忘掉的時候，那天的惡夢就會再次出現。兩人不能不睡覺，但入睡後卻會落入無處可逃的境地。蜷縮起來睡覺，祈禱順利度過夜晚的日子愈來愈多了。此時的他們全然不知道自己犯下的罪行很快就會公諸於世，現實生活也會變成惡夢。看來他們可以舒服安心睡覺的日子是不會輕易到來了。

「那個幸運餅乾放了『罪惡感』？難怪我在測試中心遇到你們的時候，你們買了一大堆的『罪惡感』粉末！」

佩妮有點興奮地說。

「噓！小聲一點，佩妮。」

尼古拉斯要佩妮鎮定一點。他和邁可森準備的冰淇淋和幸運餅乾一下就沒了，所以佩妮和達樂古特正在幫他們收拾行動餐車。

「達樂古特先生本來就知道裡面含有『罪惡感』對吧？所以才會叫我不要吃。」

「沒錯。」

「但是剛才那兩個人不會有事嗎？他們什麼也不知道就掃光了幸運餅乾。現在應該深受『罪惡感』的折磨吧？嘖，但是至少應該留一個給我啊。我很好奇吃起來是什麼滋味，也很想知道裡面的籤文是什麼……」

「佩妮，如果妳眞的很好奇的話，那就吃吃看吧。這是我留下來要確認味道的，就給妳吃吧。不過，妳最好只吃一個就好。」

邁可森拿出一塊幸運餅乾給佩妮。雖然模樣不是很好看，但是散發微弱的深紅色澤的焦黃餅乾看起來很美味。

佩妮正想放入嘴裡，卻被達樂古特制止了。

「不要現在吃，我建議妳晚上回家了再吃。如果是在您閒的週末吃更好。其實尼古拉斯剛開始烤幸運餅乾的時候，我就替他試吃了很多個。」

「您感覺到了什麼罪惡感呢？」

「我吃完這個之後，打了電話給自己藉口太忙而很久沒聯絡的朋友。看來我內心深處是很愧疚的吧。」

「那股罪惡感給您帶來正面的改變嗎？」

「沒想到產生了很正面的效果。老實說，這超過了我的期待。打了遲遲沒打的電話，沒想到能聽到朋友開心接起電話的聲音！我眞的很高興。本來還很擔心對方會生氣地說：『突然找我是有什麼事嗎？』是我太杞人憂天了，對方就像昨天才見過面一樣開心地接我電話。

「哇，如果你可以努力替我們烤的幸運餅乾做宣傳，那就太好了。」

尼古拉斯邊說邊關上行動餐車的側門。

「尼古拉斯，那是不可能的。我現在還是反對免費發放幸運餅乾給大家。你們至少要把注意事項寫得詳細一點吧？繼續這樣做生意，要是被檢舉違反《資訊披露法》的話，到時候你們就無話可說了。」

「唉唷，我還在想你什麼時候才會開始嘮叨。我只是在美味的餅乾裡摻雜一點罪惡感，送給大家而已。你拿給客人的助眠糖果或寧神餅乾之類的，說到底還不是跟放了一點罪惡感的幸運餅乾沒兩樣？吃太多不好，這個道理誰都知道。能不能克制是顧客自己的事。至少我沒給小孩子吃，不是嗎？製造許可已經批下來了，邁可森也為了這個考取烘焙證照。」

尼古拉斯洋洋得意，態度堅定地回答。

「可是這個是含有罪惡感的餅乾啊，跟寧神餅乾不一樣。」

佩妮把邁可森給的幸運餅乾收到圍裙口袋，並開口說道：

「放了罪惡感又怎樣？難道你們的意思是這世界上也有沒用的情緒？」

「尼古拉斯，我的意思是叫你光明正大地介紹那是含有罪惡感的餅乾，再分給大家。現在這樣是不對的。」

「如果公然說出這是『會引起罪惡感並使人反省的幸運餅乾』，那反而只有不需要反省的好人會更深刻地反省自己。眞正需要反省的人根本連靠近都不會靠近。」

佩妮想起剛才把幸運餅乾搜刮一空的那兩人。如果他們知道這是含有罪惡感的餅乾，肯定不會拚命拿走。

「看看亞賈寐．奧特拉的夢，一個也賣不掉，對吧？那個夢境製作有多精良啊？但是標題上寫著斗大的『成爲我欺負過的人三十日體驗之夢』，誰還會想買？總之，她就是缺乏行銷敏銳度。」

「我不同意你的說法。我認爲亞賈寐．奧特拉的夢非常出色。」

「達樂古特，我知道你對奧特拉製造的夢境給予評價很高，但可不是誰都像你這麼有同理心。」

尼古拉斯果斷地說。

「邁可森為什麼會一起做這件事啊？」

佩妮對默默聽著的邁可森產生了好奇心。

「妳也知道我去年靠『克服創傷之夢』出道。但是啊，也有很多人碰上的並不是人生中必會遭遇的困難，而是本不該經歷的辛苦。雖然我覺得當事人應該堅強起來才對，但如果一開始就沒碰上那些事，不必逼自己變得強大，豈不更好？如果是在加害者和受害者關係明確的情況下，尤其如此。我希望受害者不用再付出什麼努力，而是加害者做出努力。我希望是那些自私、輕率又暴力的人不小心拿走這個幸運餅乾。」

「邁可森，世事難以盡如人意。說不定會被無辜的人吃到。」

達樂古特擔心地說。

「噢，這個世界上難道有毫無罪過的人嗎？不是非得進監獄了才算有罪，把自己搞得心情沉重又逃避內心的感受也是一種罪。就連我也算是個罪孽深重的老人吧。就像你喜歡寧神餅乾，我則是常吃這個含有罪惡感的幸運餅乾，反省自己的過去。自以為是聖誕老人，每年就關心小孩子們那麼一次，其他時間都是一個人享受著錦衣玉食。聖誕節？我當然喜歡啊，但是隨著年紀增長，我就愈常想起某些孩子，他們別說是特殊節日了，就連普通日子都過不下去。愈老愈是如此。雖然我有時也會想『我又不是什麼拯救世界的英雄，就當作沒看到吧。』但是那樣過日子太無聊了。如果要這樣活著的話，那我為什麼要活這麼久？我到現在也還沒搞明白。如果我一直關在小屋裡面的話，可能到死也不會明白吧……」

尼古拉斯掏出內心話，彷彿在贖罪般。

「我的想法也差不多。我並不是期望這世界上只有好人，什麼辛苦的事也沒有。我只是希望那些真的很離譜的……就是讓人睡到一半忽然醒來，就算捶胸也無法釋懷的壞事不存在。那種事情哪怕只是少一件，也可以說是拯救了一個人的人生，不是嗎？新聞中不是出現很多明明都已經是喪盡天良的人，卻仍肆無忌憚地活下去？我想傳達給那些人的訊息都放到幸運餅乾裡了，像是『負罪者夜夜寢不能寐』。」

邁可森滔滔不絕說著。

這是自佩妮認識他以來，第一次聽到他說這麼多話。

「誰知道呢？『負罪者夜夜寢不能寐』這句話說不定會跟『不睡覺聖誕老人就不會來』一樣廣為流傳。」

「尼古拉斯，我明白了。但是你要做好心理準備，這可能會引起爭議。你這樣的知名人士做的事情很容易引起關注。而像我這種想法固執的人，是沒辦法被那種邏輯完全說服的。」

達樂古特用擔心的口吻說，彷彿在給予警告。

「我都知道。如果流言蜚語繼續傳開來的話，就得收攤了。但如果就連流言蜚語的傳播也在我的計畫之中呢？那也算是有成效吧？這是我的做事方式。」

尼古拉斯邊摸白鬍鬚，邊露出意味深長的微笑。

隔天，一如往常提早上班的佩妮正在夢境費倉庫，閱讀《做夢不如解夢》日報。令佩妮大吃一驚的是，沒想到這麼快就在報紙上看到尼古拉斯和邁可森的幸運餅乾報導。

淡季的聖誕老人，他的幸運餅乾藏了什麼東西？

以聖誕老人之名廣爲人知的尼古拉斯製夢師，最近開著一輛紅色行動餐車，發放餅乾給人們。謠傳那個餅乾含有「罪惡感」，而那絕妙的句子會蠱惑人心，令人受到罪惡感的折磨。無論他有何企圖，聖誕老人都不是電影中可以審判任何人的「正義使者」。是誰賦予了他那麼做的權利？

佩妮忽然想到昨天收起來沒吃的幸運餅乾。放在圍裙口袋裡的幸運餅乾早就軟掉了，看起來不再可口。佩妮捏碎餅乾，取出包在裡面的紙條。

——睡個安穩覺才是真正的幸福。——

在《做夢不如解夢》的報導和尼古拉斯的主張之中，佩妮無法輕易下判斷哪一方更合理，但是這個幸運餅乾籤文所說的完全正確。

佩妮鼓起勇氣，咬下圍裙上的半塊幸運餅乾。口感不是很好，但是苦中帶甜，還算能吃。她默默等待某種罪惡感浮現。但一時之間好像沒有產生任何的情緒，只是不知怎的突然覺得心情煩悶，腳踝好像綁了沉重的鐘擺，彷彿有什麼該做的事情卻不去做一樣。

佩妮的腦海隨即浮現了兩個數字——三三〇、六二〇。

她不敢相信自己被紅色行動餐車分散了注意力，竟然將這兩位客人的事情忘得一乾二淨。

佩妮猛然站起，走到夢境費倉庫外面後，撞見獨自一人的達樂古特正在搬箱子。也不曉得是哪來的力氣，只見他輕鬆舉起大箱子，瞬間將箱子疊了上去。

「達樂古特先生，您這麼早就來倉庫有什麼事嗎？」

「如妳所見，我有東西要整理。佩妮，妳來得還眞早啊。」

達樂古特邊說邊甩手。

「是，因爲我早上有事情要做。啊，對了，有件事情您也得知道才是。」

「什麼事？」

「或許您已經知道了，有兩位老顧客已經好一陣子沒來了。分別是三三〇號和六二〇號客人，他們也沒有投訴過。」

「沒想到除了我之外，還有其他員工也注意到他們了啊，我很高興。」

「您果然早就知道了？太好了，那現在該怎麼辦才好呢？」

「雖然我是想不到什麼好法子，但看來好像得快點辦活動了。」

「是您先前提過的那個活動嗎？說是今年的計畫……對吧？」

「對，原來妳還記得。這幾個月來有了很大的進展。好，現在讓妳看看也無妨了。」

達樂古特用折疊刀小心翼翼地拆箱，裡面放了許多枕頭和被套。

「您是打算做寢具生意嗎？」

「那個聽起來好像也很有趣呢。不過，我要做比那更棒的事。我要舉辦跟我們夢境百貨很搭的慶典。」

「慶典？」

「對，妳參加過睡衣派對嗎？」

「您是指在朋友家穿著睡衣，徹夜舉行的派對吧？我很小的時候參加過，就一次。那真的很棒。這麼說來，我長大之後就沒機會參加了。」

「那妳可以好好期待一下了。今年秋天我們夢境百貨會舉辦睡衣派對。不對，除了我們這間夢境百貨之外，周圍所有的街道都會被拿來當作派對場地。」

達樂古特說的話嚇得佩妮睜大雙眼。

「佩妮，我們將會舉行前所未見的超大型睡衣派對。」

第七章
未能送出的邀請函

在這個清閒的週末，佩妮躺到腰痠背痛了才勉強起床，走到客廳。

「哎唷，原來妳在房間？我還以為妳昨天沒回家，差點就要出門去找人了。」

在陽臺替花盆澆水的爸爸對晚起床的佩妮開玩笑。

佩妮一下子躺到沙發上，用腳趾按下電視遙控器的電源鍵。穩重幹練的主播正在簡述今天的新聞。

「工廠區發生了意外，從情緒濃縮液製造工廠外流的『興奮』濃縮液流入了鄰近海岸。直到今天傍晚爲止，海岸邊將持續風高浪大，計畫前往海邊的人請務必多加注意。下一則新聞，以聖誕老人之名廣爲人知的製夢師尼古拉斯與製作惡夢的年輕製夢師邁可森，在經歷行動餐車的爭議風波之後終止營業。尼古拉斯表示他知道含『罪惡感』的幸運餅乾產生爭議，暫時沒有重新開張的計畫。」

不知為何，佩妮覺得連這個情況都預想到的尼古拉斯，此刻應該正在雪地中的小屋與邁可森一起謀畫下一個作戰策略。

「最後一則新聞，達樂古特夢境百貨主辦的睡衣派對將在十月的第一週舉行。據傳，達樂古特從年初就在接洽願意參與的企業與製夢師，而夢境產業相關人士十分關注這場睡衣派對的最新進展。目前已知會參加的企業與團體有：床鎮家具行、全國行動餐車聯盟、新技術研究所與午睡研究中心。此外，造夢園區測試中心的材料也將在專家的監督之下，於派對上大量使用。這場慶典將持續進行一週，二十四小時不停歇。慶典期間內，達樂古特夢境百貨半徑一公里內的巷弄預計會十分擁擠，派對舉行期間建議各位穿臥室拖鞋，盡量不要穿鞋子。」

昨天在店裡倉庫跟達樂古特聊過的睡衣派對上了新聞。主播一臉正經嚴肅，跟播報其他新聞時沒兩樣，但是聲音充滿了期待。

「哇！終於要舉辦睡衣派對了！老婆，快過來看新聞。」

「天啊，這是真的嗎？」

爸爸拿著澆花水壺，呼喚正在清除浴室磁磚汙垢的媽媽。兩人站在電視機前面，擋住佩妮的視線。水滴不斷從爸爸的澆花水壺和媽媽的清潔刷子滴落。

「你們兩個先把東西放下來吧，客廳都要被弄髒了啦。」

「佩妮，爸爸媽媽第一次相遇的場合就是在睡衣派對。」

佩妮的提醒，媽媽也是不予理會。

「今年不是第一次辦睡衣派對？」

「之前只辦過一次，大概是二十五年前，老公，對吧？」

「沒錯、沒錯，二十五年前！差不多是在達樂古特接任夢境百貨老闆五年之後舉辦的。當時也聚集了很多人。佩妮，當時妳媽媽還住在另一個城市。是爲了睡衣派對來到這裡，然後遇上了我。」

「應該有滿多人都是那樣認識的。在那一個禮拜裡，全國上下的人應該都去過那場派對。當時不是沒什麼娛樂活動嗎？我當時是第一次看到達樂古特夢境百貨，瞬間就愛上了這座城市。我以前住的地方沒有那麼大間的夢境商店。」

「哎，眞的是很久以前的回憶耶。睡衣派對，眞的是久違了。」

「當時反應那麼好，爲什麼後來都沒有再辦了呢？」

「我們才想問這個問題，妳不是夢境百貨的員工嗎？」

「我也是前天才第一次聽說，而且還是偶然聽到的。倉庫堆了滿滿的寢具。達樂古特先生說整條街都會裝飾得跟臥室一樣。」

「是喔？希望也跟以前一樣來很多行動餐車。當時還推出在甜點上灑滿粉末狀的高價情緒，發給大家吃。我到現在都還忘不了灑了滿滿活力肉桂的蘋果冰淇淋。妳爸當時是晚上九點就要睡覺的人，但是那天直到隔天早上都不覺得累，通宵玩了整整兩天。」

「你們初次見面就通宵玩了兩天？」

佩妮的爸媽同時臉紅，各自拿著澆花水壺和清潔刷，慌慌張張地回到原位。

隔天，星期一上午的夢境百貨有點混亂。不難發現到處都是感到爲難的員工。客人看到新聞跑來店裡連番提問，但是一個個員工都給不出明確的答覆。

「眞的要舉辦睡衣派對嗎？」

「啊，是的，應該吧……」

「請問派對上會特別推出新夢境商品嗎？」

「這個嘛，我不太清楚。」

「你怎麼會不清楚？這不是達樂古特夢境百貨舉行的慶典嗎？我存了私房錢想

等到那個時候花，所以才問你的。跟我說一下嘛。」

然而，員工眞的什麼也不知道。

「要是事先跟我們說一聲就好了。達樂古特先生今天一直待在辦公室裡都不出來……」

佩妮氣呼呼地說，薇瑟阿姨則是一副見怪不怪的表情。

「我可以理解他。以前第一次舉行的派對讓他嚐到了失敗的苦果。我們當時都太嫩了。區區一間小商店要主辦這麼盛大的慶典，我們投入了極大的努力和時間，但損失卻很慘重。所以才會隔這麼久都沒想過要重新嘗試舉辦。我也不知道達樂古特又在籌備睡衣派對，但是我可以理解他爲什麼希望在活動確定之前先不走漏風聲。但是透過新聞得知這件事，還是覺得有點遺憾就是了。」

「原來達樂古特先生也有那樣的時候啊。你們眞的是老搭檔了呢。」

「當時我們兩個都還年輕，滿腔熱血。達樂古特眞的很想好好經營先祖傳下來的夢境百貨，現在也是。」

薇瑟才剛說完，一直待在辦公室的達樂古特就現身了。他摸摸今天格外蓬亂的頭髮，對員工露出難爲情的笑容。

「讓大家久等了。抱歉，害你們這麼慌張。我沒打算要讓你們先從新聞中知道這件事，真是對不起啊。薇瑟，我要用一下麥克風。」

達樂古特走到前檯裡面，將廣播調成所有樓層都能聽到之後，清清嗓子。

「喂喂，聽得到嗎？各位員工，今天午餐時間過後，請全體人員到我辦公室底下的客訴處理室集合。」

員工們早早結束用餐，聚集在客訴處理室。各樓員工都別著刻上各自工作樓層數的胸針。爲了更能區分出是哪個樓層的，圍坐在大圓桌前的大家還彼此稍微拉開一點距離。除了要顧店的少數人員，所有人都來到了客訴處理室。

佩妮去年因爲邁可森的「克服創傷之夢」退款事件而下來過客訴處理室，但是自從那天之後就都沒再進來過。達樂古特根據人數又拿來了幾把椅子，所以座位數幾乎剛好，但圓桌不是很寬，所以膝蓋都快碰到另一個人的了。

「史皮杜樓管，你的腳從剛剛就一直踢到我的小腿，你知道嗎？」

某個四樓男員工忍不住發火大喊。

「啊，對不起。因爲像這樣老老實實坐著等，讓我感到很不安。達樂古特先生，我們快開始吧。」

史皮杜催促坐在對面的達樂古特。

「好，人員好像都到齊了。因爲忙著跟提供必要物品的廠商做最後的協調，所以談得有點久，抱歉。把各位喊來這裡，是爲了決定這場派對最重要的事。我想藉這個場合討論要採用什麼夢境當作這次的派對主題。」

達樂古特邊說邊慢慢掃視員工。

「嗯，雖然沒有全員到齊，但我想聽聽看各樓層老員工的想法。綜合大家的意見再決定主題。」

三樓的桑默舉手。

「達樂古特先生，爲什麼睡衣派對還需要主題？可以穿著睡衣在床上翻滾，這本身不就是很明確的主題了嗎？光是這樣大家就會玩得很開心，來客數也會變多。」

「我以前因爲那種單純的想法就舉辦派對，結果嚐到了苦頭。最初的那場睡衣派對是徹底的失敗。」

「我爸媽說他們記得那是很開心的派對耶。失敗的定義是什麼呢？」

佩妮也舉手發問。

「佩妮，很好的問題。」

達樂古特稱讚她。

「失敗的定義很明確，那就是耗資鉅額，店裡的銷售額卻沒有提升。而且不再來消費的客人也沒有回流，這可是舉行派對最重要的理由啊。第一場睡衣派對只發揮了增加店門口人流的效果，派對一結束又回到了原點。所以我才會想到要訂一個『主題』來準備相符的夢境，也就是籌備只能在睡衣派對上享受的夢境。」

「那就必須是不再光顧的客人也能毫無負擔去做的夢囉？」

薇瑟一語中的。

「沒錯，薇瑟。我希望大家可以推薦相隔很久再做也會喜歡的夢，或是無論何時夢到都會開心的夢。」

「如果是相隔很久再夢到也覺得不錯的夢，那不就是我們二樓的夢？我們有『平凡的日常』夢境，那裡頭正是人們熟悉的事物……」

二樓員工一開口，其他樓層的員工就露出一臉無聊的表情，尤其是五樓的毛泰日。

「哎，但名義上這是睡衣派對啊，如果是更熱鬧夢幻的夢境，不是比較好嗎？」

「那你的意思是五樓想推出什麼夢境來囉？看來你有很好的替代方案。」

二樓樓管維果．邁爾斯立刻挖苦。

「哎，你是開玩笑的吧？五樓不是折扣區嗎？當然不在討論範圍之內。」

「如果要找適合慶典的夢，那不管怎麼說，都應該是我們三樓的夢吧？」

莫格貝莉充滿自信地說。

「沒錯，還有比在空中翱翔，成爲電影主角的夢更適合派對的嗎？老實說，我覺得像現在這樣討論也只是在浪費時間。」

桑默也對莫格貝莉說的話表示支持。

「照妳這麼說，一樓的暢銷品不是更好嗎？」

史皮杜潑了一盆冷水。

「派對上沒辦法只擺出我們四樓的午睡夢，我乾脆還是推薦一樓的夢好了。」

「史皮杜，從現實層面來說，我覺得主打一樓的夢很勉強。歷屆得獎作品或暢銷夢境的進貨量不足，很快就會賣完的。」

薇瑟邊搖頭邊說，接著轉頭看向坐在旁邊的佩妮。

「佩妮，妳有什麼想法嗎？」

佩妮正在翻看從圍裙口袋掏出來、手掌般大的筆記本，以便參考她閱讀《做夢不如解夢》時記下來的內容。

「嗯，如果是慶典的話，那也可以送夢境給別人吧？三樓的生動夢境的確是最保險的……」

佩妮看了一下從某天報紙裡摘錄出來的「美夢條件」。

挑選聖誕節或生日這類特殊節日的禮物時，只要符合以下其中一項條件，就能聽到別人稱讚你是有品味的人。

一、如同再看一遍也好看的電影，後來再次夢到也有意義的夢。

二、爲做夢者量身打造的夢。

三、現實生活中無法實現，只能在夢裡體驗到的夢。

「有什麼夢是後來再次夢到也會喜歡，又是替個人量身打造，而且只能在夢裡體驗到的夢呢？」

「有完全符合那個條件的夢嗎？」

員工們七嘴八舌地討論。

「二樓有啊。」

維果．邁爾斯舉手。

「二樓『回憶區』的夢完全符合那個條件。後來再回想也會感到開心的就是回憶，而且每個人擁有的回憶都不一樣，所以當然只能替個人量身打造夢境。再說昔日的回憶除非是做夢，不然到哪裡都體驗不到。」

「真的耶。」

達樂古特點點頭。

「那就選擇『回憶』當作主題怎麼樣？我應該可以拜託認識的製夢師製作跟回憶有關的夢。那樣的話，也沒必要堅持使用三樓的夢了。」

莫格貝莉這麼一說，其他人也接二連三附議，大部分的員工都表示贊成。

「好的，各位，那慶典的主題就決定是『回憶』了。大家可以盡情大展身手。從現在起，一刻都不能浪費，時間不是很充足，而且還需要龐大的資料。這次慶典辦得好的話，將會升級為代表我們城市的重要節慶，成為使用令人心情愉快的柔軟之物點綴整個夢境商店街區，人人都迫不及待想參加的那種活動。你們想像一下，來自全國各地的行動餐車湧入，為了迎接派對而穿上新添購睡衣的人們漫步街頭，盡情享受豪華之夜的畫面。」

達樂古特從位置上站起來，張開雙臂。

決定好主題之後，討論起來十分順利。大家就像事先都做好了準備，分配起各自負責的工作。

「我們需要每一位客人的數據。」

「但是誰會事先整理好那麼多的文件啊？」

佩妮說。

「好像已經整理得很充分了。」

毛泰日看著神情認真的二樓員工說。他們以維果·邁爾斯為中心，臉上寫滿了興奮，有條不紊地討論著自己該做的事情。

「我有買夢客人的喜好分析數據，這是我的興趣。」

「真是太可靠了。」

「也有按照月份整理好的數據。我還分析出秋天用哪種顏色的包裝紙銷量會衝到最高，您要看看嗎？」

二樓員工的整理癖好比佩妮想像的還要厲害。

「那些數據要什麼時候才能確認完？確認完再列出夢境清單的話，一定很花時間。」

「半天就夠了。好久沒有大顯身手了呢。」

史皮杜就像發現獵物的鬣狗，動動手指，對二樓員工提供的龐大數據垂涎欲滴。

「大家都停一下。」

薇瑟等著其他人說完話並舉起一隻手，吸引眾人目光。

「派對的裝飾可以由我負責嗎？」

「當然可以，我最擔心的就是這件事了。」

「哦，天啊，我現在好興奮。竟然可以隨心所欲地裝飾店門口和大街小巷……我會打造出令人難忘的派對，讓整座都市填滿蓬鬆柔軟的東西。」

「薇瑟，預算妳不用擔心。」

達樂古特拿出厚厚的信封。薇瑟露出腎上腺素狂飆的表情，收下信封，一時不知所措。

「啊，現在沒時間浪費，該動起來了。派對需要的寢具你都準備好了對吧？那我會採買小一點的道具。」

派對準備得很順利。各自發揮專長，進展一日千里。薇瑟阿姨還把腦海中的派對全貌畫下來給大家看，她的優秀繪畫能力令佩妮嚇了一大跳。

史皮杜比任何人都還快打理好情況，完美列出以「回憶」爲主題的夢境清單。交友廣泛的莫格貝莉跟新人製夢師們交涉，而維果・邁爾斯則精挑細選出陸續到貨的測試用夢境。

現在消息傳了開來，無論走到哪，只要是兩人以上的聚會，聊天內容都是達樂古特夢境百貨的睡衣派對。店裡的客人也毫不例外。某些中老年客人也跟佩妮的父母一樣，還記得許久以前舉辦的第一場睡衣派對。

「當時辦得很不錯。想到在變得更老之前還能再熬夜玩一整晚，就好期待呢。慶典來臨之前，我要按時吃保健食品了。」

「這次床鎮家具行和全國行動餐車聯盟不是也有參加嗎？聽說菜鳥製夢師也會公開新商品。您想像一下，到時候會充滿許多好玩有趣的東西。我第一次參加這麼正式的睡衣派對！太開心了。」

莫格貝莉在三樓待不住，還跑到各個樓層跟客人聊天。

後來還追加公布了參與派對的企業與團體清單，以「回憶」爲主題的夢境將在眾多製夢師的詮釋之下隆重推出。眾人聽到這些令人興奮的消息後，期待度也愈來愈高。

「我家孩子現在就纏著要我買新睡衣。」

薇瑟說。

「我也挑好了睡衣了。上班的時候把睡衣帶來，等下班時間一到就可以直接換上，走到街上玩了吧？到時候應該分不出誰是本地人、誰是從夢境世界外來的客人。」

佩妮也是很興奮。

「『新技術研究所』說他們也會像在博覽會上那樣，公開幾種搭載新技術的商品。搞不好可以體驗到兩人同時做一個夢的『雙人夢』。」

「但可惜的是，那個商品還在研發中，眞不知道在我有生之年會不會完成。」

兩人光是講睡衣派對，就可以輕輕鬆鬆聊個兩天兩夜。

「請問薇瑟小姐在嗎？有您的包裹。」

拿著大箱子的快遞員站在門口，尋找薇瑟。

「哇，比我預期中的還快完成。」

薇瑟急忙起身去迎接快遞員。

「是的，老闆優先替您印刷了。因爲大家都很期待睡衣派對啊。請在收件人欄位簽名。」

「眞是太感謝了，請幫我轉達謝意。」

薇瑟一口氣拆開箱子，手法俐落得就像拆過成千上百個包裹一樣。

「這裡頭是什麼啊？」

佩妮問。

「派對邀請函，這才是不可或缺的東西啊！」

達樂古特夢境百貨「睡衣派對」

誠摯邀請您參加

十月第一週的涼爽秋日，
不分晝夜，爲期一週的派對，
誠摯邀請您共襄盛舉。

本次派對主題爲「回憶」，
歡迎您來盡情體驗以「回憶」爲主題的夢境。
豐富多樣的節目與食物，通通免費！

衷心期盼入睡的您一如往常來店光顧。

——達樂古特夢境百貨全體同仁　敬上——

「這是為了發送給老顧客而特別訂做的。從今天開始發放的話，最慢一個禮拜內就能全部發出去。」

「客人會記得自己收到了邀請函嗎？」

「就算清醒的時候不記得，但至少來這裡的時候會把派對放在心上吧？而且派對的樂趣就是從發送邀請函開始的，我的派對已經開始囉。」

薇瑟一邊數邀請函張數，一邊開心地說。

「咳咳。」

維果．邁爾斯走到前檯來，尷尬地乾咳幾聲。

「維果樓管，請問有什麼事嗎？」

佩妮詢問。維果正在偷瞄放在前檯上的東西。

「不好意思，我可以拿一張邀請函嗎？」

他試探性地用下巴指向一疊邀請函。

「當然可以啊！」

佩妮用力點頭，似乎知道他打算把邀請函送給誰。

不出所料，那天下午一號客人一來到店裡，維果．邁爾斯便靠了過去。一直帶著邀請函待在一樓大廳，雙手放背後走來走去的維果，彷彿機器人般彆扭地走向一號客人。

「不好意思，客人。」

「嗯？」

「請收下這個。這是今年秋天本店即將舉行的派對邀請函。」

「哇，是什麼派對啊？」

「睡衣派對，您會喜歡的。請您務必出席。」

客人閱讀維果給的邀請函時，維果默默地在一旁等候。正當客人邊微笑邊點頭，想繼續往前走的時候，他一臉緊張，結結巴巴地補了一句。

「那個……雖然您應該不記得了，但這不是我第一次邀請您。第一次邀請的時候，我太笨手笨腳了。這次您只要保持平常的樣子來參加派對就可以了。不用穿著便服入睡或是……避開別人的目光。像平常那樣穿著睡衣入睡就好。我一直很想向您提出這樣的邀請。」

「嗯？我當然會那麼做啊。」

維果愣了一會，隨即背對留在原地的一號客人，逃亡似的急忙走回二樓。

佩妮覺得自己彷彿看到了維果放鬆下來的表情。

沒過多久，莫格貝莉和桑默一起從三樓來到前檯。

「薇瑟樓管，我想到了一個關於派對的點子。那就是在店裡鋪墊子，免費替客人做《時間之神與三個徒弟》人格測驗。這樣來訪的客人就又多一項娛樂活動了。您覺得怎麼樣？應該會很受歡迎吧？」

「莫格貝莉樓管，那個人格測驗早就過氣啦。都是幾個月前的流行了。」

桑默不耐煩地勸阻莫格貝莉。

「我覺得很不錯啊。」

薇瑟隨口回答。

「看吧，桑默。你要跟我一起做這個活動，知道嗎？說好要一起做了喔！」

莫格貝莉挽住桑默的手臂。桑默轉過身，哀怨地偷瞄薇瑟阿姨，從前檯離去。

「有新的事情可以做，大家都好積極喔。」

「就是說啊。好，邀請函我放這邊，從今天開始老顧客過來的話，一定要發這個給他們。我不在的時候就麻煩妳了。」

此後幾天，幾乎所有的老顧客都拿到邀請函了，但是佩妮那裡還剩下兩張沒能送出去的邀請函，是要給三三〇號和六二〇號客人的。

「根本不會來的客人連邀請函都送不出去。」

「現在還有時間，只能等等看了。」

「我眞的很好奇他們爲什麼都不來了。」

「佩妮，妳最近工作很認眞嘛。」

「我希望自己能再多做一點什麼事。」

「有什麼契機促使妳這麼想嗎？」

「嗯……我也不是很確定，但應該是自從去了投訴管理局之後，就有這個念頭。跟七九二號和一號客人的相遇，讓我感觸良多。」

「如果是因爲那樣的話，達樂古特帶工作滿一年的員工去投訴管理局的教育方針很有效嘛。」

薇瑟露出滿意的表情。

「沒錯，也有可能是因爲人格測驗，就是莫格貝莉樓管提過的那個。今年年初的時候我測過。」

「我也有測過，測驗結果是『三徒弟』。好像是睿智的仲裁者？佩妮妳呢？」

「我是『二徒弟』。妳知道二徒弟的後裔是誰嗎？其他人好像都不太清楚耶。」

「大家確實有可能不知道。因爲很遺憾的是，他人不在這裡。而且他本來就喜歡過清靜的日子。」

「我明明聽過那個名字……」

「亞特拉斯。」

佩妮現在才想起來是在哪裡聽到那個名字的。

一開始是維果．邁爾斯說過，後來在測試中心的情緒粉末布袋前面，尼古拉斯和邁可森的對話中也有出現過那個名字。

「他現在在哪裡、在做什麼啊？我聽過別人提起亞特拉斯的事，但是從來沒有見過本人。」

「亞特拉斯啊……」

薇瑟剛開口，達樂古特就忽然開門走了出來，似乎要外出的樣子。他換了出差時會穿的皮鞋，手臂上掛著一件薄外套。

「達樂古特先生，您要去哪啊？」

「我要去個地方，得帶上邀請函。果然不出我所料，還剩下兩封啊。」

「您要帶邀請函去哪裡？是要去投訴管理局嗎？」

「我知道客人在哪裡，幸好是在比投訴管理局近一點的地方。」

「那是哪裡啊？」

「正好佩妮對亞特拉斯感到很好奇。」

佩妮不知道薇瑟在說什麼。客人、邀請函和亞特拉斯有什麼關聯嗎？

「是喔？那現在跟我一起去一趟吧？」

「這是要去哪裡啊？」

「去了就知道。好，我們快出發吧。得趕上通勤列車的時間。」

「這個時間點要搭通勤列車？」

佩妮歪頭，她的短髮跟著輕輕飄揚。

不久後，佩妮跟達樂古特搭上了通勤列車。殘夏的傍晚空氣有點黏黏的，但是列車一加速，涼爽的風拂面而來，整個人便舒服許多。本來默不作聲，沒有說出目的地的達樂古特開了口。

「佩妮，今天的所見所聞不可以隨便告訴其他人。雖然我不覺得妳會說出去。」

「您說的所見所聞是指什麼呢？我們不是要去找那兩位客人而已嗎？」

「到了之後，妳自然就會明白了。其實，我希望我們接下來要去的地方不會有人知道。希望那裡可以作爲僻靜之地，保留給有需要的人去。」

「您說的地方是哪……」

「這麼快就到啦，要在這裡下車。」

列車停靠之後，達樂古特站了起來。

那個地方是小賣鋪和夜光獸洗衣所所在的眩嚇坡最低處。

佩妮一臉茫然，跟著達樂古特下車。他帶頭前往的方向分明是夜光獸洗衣所那邊。

「達樂古特先生，我們應該去找客人才是，爲什麼要去洗衣所呢？」

達樂古特沒有回答她的問題，而是開心地跟站在洗衣所入口的夜光獸打招呼。

「您來了啊，我一直在等您。原來您不是一個人來的啊！」

只有尾巴末端特別是藍毛的夜光獸看到佩妮之後開心大笑。原來是阿薩姆。

「阿薩姆！你眞的換到洗衣所工作了啊！好了，現在誰快點來跟我說說爲什麼我們要來這裡呢？」

「進去就知道啦。」

阿薩姆和達樂古特異口同聲地回答，佩妮現在心裡眞的有點不是滋味了。

阿薩姆指向洞窟深處，催促佩妮快走，而達樂古特已經大步往洞窟內部走去了。阿薩姆的壯碩體格和達樂古特的修長身軀，擋住了一半的洞窟入口。佩妮站在後面，雙眼困惑地盯著漆黑的洗衣所深處。洞窟入口那個歪七扭八寫著「夜光獸洗衣所」的木板隨風發出聲響，彷彿隨時都會掉下來。

「看來這裡不是一般的洗衣所？」

洗衣所所在的洞窟好像傳來了微弱的嗡嗡聲，還有涼爽的風拂過。在今天這樣悶熱的日子裡，沒有比涼風更大的誘惑了。洗衣所內黑漆漆的，像是做出曖昧手勢般邀請人快點進去。

佩妮仍然想不通二徒弟後裔亞特拉斯、未能送出去的兩封邀請函，以及這個洗衣所之間有什麼關聯，只好就這樣跟著阿薩姆和達樂古特一步步踏入洞窟內部。

第八章
夜光獸洗衣所

達樂古特和佩妮跟著阿薩姆走入洞窟深處。通道足夠寬敞，揹著洗滌物的夜光獸走起來也很方便。他們往洞窟通道內部多走了幾步，周圍依舊昏暗，但在前帶路的阿薩姆藍藍的尾巴卻在漆黑洞窟裡發出如夜光星星的光芒。佩妮和達樂古特一邊盯著阿薩姆的尾巴，一邊小心邁步。

遠處傳來微弱的水流嘩啦聲。

「感覺好像走進了朝山底開鑿的地下排水道。」

緊張兮兮的佩妮牢牢跟在達樂古特的後面。

跟著阿薩姆的緩慢沉重腳步聲，又往前走幾步後，微弱的光照亮了通道。通道四周的牆壁呈現天然洞窟特有的粗糙、凹凸不平的特性，但又有種被人刻意整修過的感覺。不過，牆上還掛了人工照明裝置。朦朧的光芒從洞窟牆壁之間透出來。

就在此時，佩妮視線所及的洞窟牆上的某一個點瞬間暗了下來，搖曳著漆黑的影子。那不是阿薩姆、達樂古特或佩妮的影子，通道上也沒有其他可能會形成影子的物體。佩妮正覺得奇怪的時候，影子們彷彿猶豫了，忽左忽右，最後成群結隊一股腦跑到天花板上。

「達樂古特先生、阿薩姆！你們剛才看到了嗎？影子自己在動。我是說影子們飄來盪去的。那明明就不是我們的影子。」

佩妮嚇得大聲說話，阿薩姆因此轉頭，前腳湊近嘴邊，小聲地說了「噓！」。

「不可以在這裡面大聲喧譁，知道了嗎？」

「阿薩姆，你就體諒她一下吧。頭一次看到這種場面的人，當然有可能會被嚇到啊。」

達樂古特一說，阿薩姆便點點頭，彷彿在說他可以理解。

愈往洞窟的深處走，愈容易看到宛如水影搖曳的影子，不時還有幾個單調的聲音在耳邊打轉，忽遠忽近，周而復始。快要熟悉那開頭與結尾不明的旋律時，周圍變亮了，逐漸可以看到在通道盡頭寬敞空間裡工作的夜光獸身影。

「呼，看到明亮的地方，總算可以放心了。可是阿薩姆，為什麼在這裡得保持安靜啊？還有剛才那些影子是怎麼回事？」

佩妮問。

「因爲這裡不僅是洗衣所，也是很多人和影子稍作休息的地方。」

阿薩姆回頭看著佩妮回答。

「在洗衣所稍作休息？」

佩妮訝異地反問，走在前面的達樂古特在原地停了下來。然後指向洞窟牆壁的某一處。牆上有一段令人熟悉的陰刻文字。

他們（二徒弟與其追隨者）被困在美好的回憶裡，歲月的流逝、註定的離別，還有彼此的死亡，他們都無法接受。心靈脆弱的他們淚流不止，淚水流入地底形成了巨大的洞窟……

達樂古特低聲讀出這段話。

那是跟《時間之神與三個徒弟》之中二徒弟有關的內容。

「那段話怎麼會刻在前往洗衣所的通道上啊？難道……這裡是故事中二徒弟和

其追隨者藏身的那個洞窟？」

「佩妮，妳果然很快就懂了。這裡是亞特拉斯的洞窟，他就是二徒弟的後裔。時間之神賜予亞特拉斯的祖先『能長久記住許多事物的能力』，而這個洞窟就是那項能力的證據。這裡聚集了若是忘掉就太可惜的記憶。或許該這麼說吧，我們稱之爲『回憶』的就是那個東西。」

達樂古特這次用手指向刻有文字的四周牆面。從小如鋯石的顆粒，到比大拇指指甲還要大的閃耀原石，疏疏落落地嵌在洞窟牆上。洞窟隱約閃現的溫暖光芒正是從那裡發出來的。

「這些閃爍如星的東西全都是人們的回憶。大家都說二徒弟的後代子孫留下的淚水建造出了這個洞窟，妳相信嗎？那應該是被誇大渲染了。他們確實在這個洞窟扎根生活了很久，但也不是一輩子都窩在這裡。不過，亞特拉斯就不一樣了，他在這個洞窟度過了一輩子，現在也是。」

達樂古特用溫柔的語氣緩緩解釋。即便是親眼目睹，佩妮仍然覺得達樂古特所說的話很不眞實。

「佩妮，妳看到了那些牢牢嵌在牆上的結晶吧？通常那些結晶的周遭會產生更多的回憶。一個回憶便有連同其他記憶一起支撐起來的力量，所以這座洞窟比任何結構物都還要堅不可摧。」

阿薩姆自豪地說。

整座洞窟看起來宛若一片夜空，鑲嵌其中的回憶好似星座閃耀。繼續往裡面走的時候，佩妮的目光依舊離不開那些回憶結晶。

「阿薩姆，可是爲什麼這裡要僞裝成洗衣所啊？」

「妳在說什麼啊！才沒有僞裝成洗衣所，這裡眞的是洗衣所啦。」

「眞的是洗衣所？你剛才不是說這裡是人們和影子稍作休息的地方？又是休息站，又是洗衣所，又是亞特拉斯居住的洞窟……這裡到底是做什麼的地方啊？」

「急什麼，待會看到就知道了。好啦，快過來。歡迎來到我的新工作地點！」

在魁梧的阿薩姆身後可以看見動作忙碌的夜光獸，他們的腳邊放著用軟樹枝密集編織而成的洗衣籃。

一行人經過通道後抵達的地方，寬敞開闊到讓人想驚呼「這麼大的空間是怎麼神不知鬼不覺地藏起來啊」。遠到連夜光獸看起來也變成很小一隻的高挑天花板底下，堆疊了好幾層的大型洗衣機。某一頭豎立著許多可以掛曬衣繩的大竿子，晾乾的睡袍就一件件掛在那些曬衣繩上。

原來持續聽到的水聲是洗衣機裡傳出的水聲。反覆的機械噪音與水流大力碰撞洗滌物的聲音，聽起來就像音樂。

那幾十隻正在工作的夜光獸跟只有尾巴變藍的阿薩姆不一樣，他們全身大部分的毛都變成藍色的了。他們把洗衣籃掛在前腳和尾巴上，在洗衣機、洗衣籃和曬衣繩之間來回穿梭。藍色的毛髮在洞窟裡亮得跟璀璨夜星一樣。

佩妮現在才發現整座洞窟裡連一盞電燈都沒有。光是靠洞窟牆上的回憶結晶和毛色如夜星閃耀的夜光獸就夠亮了。佩妮想起小時候貼在天花板上，每天晚上凝視的夜光星星貼紙。

「你們看那邊，阿薩姆帶客人來了。」

最藍的夜光獸發現阿薩姆一行人，朝其他夜光獸大喊。

「哎唷喂，我的腰啊。我正想說人什麼時候才要到。」

因爲混在夜光獸之間而不見人影的矮小男子發出聲音。那名男子像在拾穗一樣，撿起掉到地上的洗滌物並塞回籃子，然後挺直腰桿，看向達樂古特。他給人一種純樸農夫的印象，肌膚健康黝黑，曬得很好看。

「達樂古特，看來你身邊多了一位值得信賴的員工，還帶她一起來這裡。」

那名男子走上前，直接經過達樂古特身邊，靠近來跟佩妮握手。他手上的厚繭觸感令人印象深刻。陌生人的出現讓佩妮有點慌張，但達樂古特卻是看著對方微笑。

「歡迎歡迎，妳就是佩妮吧？之前聽達樂古特提起過，阿薩姆也提過妳。還有一個人說過妳的事情……沒什麼，這個還是不要說比較好。」

男子含糊其辭。

「這裡是無論什麼都能長久記住的『二徒弟』的洞窟。我們一直以來代代相傳，守護著刻印了眾人回憶的空間。」

「不好意思，請問您是……？」

佩妮還沒聽見答覆就好像先想到答案了。

「我是亞特拉斯，二徒弟的後裔。妳似乎很好奇這裡是怎麼變成洗衣所的。」

他彷彿讀懂了佩妮的想法。亞特拉斯對阿薩姆使眼色。

「佩妮，讓妳看一個神奇的東西。」

阿薩姆拿起剛從洗衣機取出，滴滴答答落下水珠的睡袍，掛到距離嵌著回憶結晶的洞窟牆壁最近的曬衣繩上。回憶散發出來的光芒彷彿被吸進去般，隨即滲透到洗滌物裡，結果洗滌物奇蹟似的瞬間就晾乾了，還變得蓬鬆柔軟。佩妮出神地看著這有如魔法的一幕。

「被回憶晾乾的話，就乾爽得彷彿從來沒有濕掉過。聽說二徒弟的後代子孫自古以來就知道這個回憶的光芒可以把洗滌物晾得乾爽。所以他們向夜光獸提議一起共事，而夜光獸當然沒有理由拒絕！因爲光是一天就要洗滌、晾乾好幾百件睡袍，那可不是普通的辛苦。在那之後，這裡的洗衣所就變成我們寶貴的工作場所了。」

阿薩姆一臉自豪地跟佩妮解釋。

「原來如此。我現在總算有點明白了。可是達樂古特先生，我們還要尋找要送出邀請函的客人，您沒有忘記吧？客人眞的在這裡嗎？」

佩妮不忘此行的目的，直截了當地詢問達樂古特。

「佩妮，客人一定在這裡。亞特拉斯，我說得沒錯吧？」

達樂古特一開口，亞特拉斯就指向掛著大量睡袍那一區的另一頭。

「完全正確。你提過的那兩位客人都來這裡了，快過去看看吧。」

「那眞是太好了。佩妮，跟我來。」

佩妮撥開四處掛著的洗滌物，跟隨達樂古特走到更裡面。

印入眼簾的是被無數掛起來的洗滌物遮住的隱密空間。木柱之間掛著的不是曬衣繩，而是吊床。而身穿睡衣的人們爬到了吊床上，正在休息。

某處堆滿了還沒清洗的洗滌物，只有一個上了年紀的女子身處正中央。她就那樣靜靜坐著，聆聽洗衣機運作時發出的嗡嗡聲。那是佩妮再熟悉不過的面孔，就算遠遠看到也能一眼認出來。

「我認識她。她每天上午都會來店裡翻看目錄，慢慢挑選夢境。她肯定是三三〇號客人！這麼快就找到兩位客人其中的一位了。」

佩妮看到客人很高興，正想跑向她那邊的時候，被達樂古特揪住了衣領。

「佩妮，在跟客人說話之前，要先搞清楚客人爲什麼會來到這裡。剛才妳也聽到了吧？發現回憶散發的光芒可以晾乾洗滌物之後，這裡是被拿來當作洗衣所。」

「是。」

「但是故事還沒有說完。亞特拉斯知道這種光芒還有助於讓心情變好。回憶不僅可以把被水浸濕的洗滌物弄乾，還能夠溫暖撫慰深陷無力感之中的人。」

「深陷在無力感之中的人？」

「沒錯，人們什麼也不想做的時候，明明不累還是會閉上眼睛睡覺。像那樣入睡的人，什麼夢也不需要，他們就只想徹底與世隔絕。那種客人會漫無目的地走路，也不來我們的夢境百貨或其他任何商店，就只是呆呆地站著。聽到這邊，妳應該知道是誰帶他們來這裡了吧？」

「發現漫無目的地走路的人，把人帶到這裡……我敢確定那只會是夜光獸了。」

「答對了。」

達樂古特對佩妮的回答很滿意。

「這也是爲什麼長期觀察來自夢境世界之外的客人、追在他們後面跑的老練夜光獸，也就是擁有藍毛且年紀較大的夜光獸會在這個洗衣所工作。他們目光如炬，可以認出因爲沒有活力而什麼都不想做的客人。」

「原來是這樣。達樂古特先生，那樣的話，三三〇號客人現在心情應該也不是很好，硬要送邀請函的話，會很失禮吧。」

「這個嘛，我倒不這麼認爲。無力感誰都會有，我也有提不起勁的時候。這種時候我們更應該先伸出援手，不是嗎？那可是我們的老顧客呀。」

達樂古特謹愼地走向客人。客人瞄了一眼達樂古特又閉上雙眼，把注意力轉回洗衣機聲上。

「很平靜，對吧？我聽著洗衣機聲音，也會覺得心情沉靜了下來。」

「嗯……有什麼事嗎？」

「我就直接開門見山，跟您說正事了。我們的夢境百貨這次要舉辦以『回憶』爲主題的盛大慶典。希望您也可以來逛逛美夢，所以我是來給您送邀請函的。」

「我沒興趣。什麼也不想做。不要管我。」

「這樣啊，有時候確實會遇到這種情況。對了，這麼說來，我們也跟塞滿洗衣機的那個睡袍很相似，不是嗎？」

客人抬頭看了一眼達樂古特的臉，一副他在胡說八道什麼的表情。

「洗滌物就算浸泡在水裡，也能很快就變乾。而我們不是也很常沉浸在各種各樣的情緒之中嗎？然後又會若無其事地馬上好起來。您也只是一時沉浸在無力的情緒之中。被水浸濕的東西只要晾乾就可以了，不是嗎？」

「要怎麼晾乾？」

客人一露出感興趣的樣子，達樂古特便把握機會遞上邀請函。

「只要有小小的契機就行。像是跟朋友打電話或是到戶外散散步，有時候一個細微的舉動就能讓心情好起來，不是嗎？藉由這次以『回憶』爲主題所製作的夢，您的心情應該也會振奮許多。就當做是被騙，來參加一下睡衣派對，好嗎？」

達樂古特夢境百貨的三三〇號客人是一名六十幾歲的中年婦女。

十年前，她無比順利地度過更年期，在職場上也順遂地做到了退休。跟先生一起把三名子女扶養成人，今年初連老么也娶媳婦了。當她辦完老么的婚禮，回到家中，心裡覺得一切眞的都結束，完全放鬆下來的那一刻，意料之外的無力感卻席捲而來。

回首過去，除了她自己，誰也不了解她。她忽然意識到三十五年的職場生活已結束，自己被留在了這間變成空蕩蕩巢穴的家裡。這個想法就像硬邦邦的橡皮球，四處彈跳，撞擊著女子的胸口。周圍的人對她說，現在只要等著安享天年就好了。那句話令她很不舒服。老實說，根本是很反感。

女子回過神來才發現，自己已經到了沒什麼大病纏身就是萬幸的年紀。洗漱完照鏡子的時候，總是莫名感到尷尬，就像看到爲了帶小孩或上班而許久沒見面的朋友。女子故意把大鏡子換成了小鏡子，但是一看到身邊一起變老的先生那張臉，就想到自己也躲不開歲月流逝的痕跡。

就連早上要泡一杯茶來喝或是出門丟垃圾，都覺得很辛苦。她也嘗試過做一大堆的小菜或養養小盆栽，但始終找不回熱情。

「我的活力都跑哪去了……？」

在還清房貸之前要努力生活才是、讓所有孩子都念完大學之前要加油才是、在老么娶妻之前絕不能鬆懈下來……女子甚至開始懷念起那些對準明確目標，意志堅定過生活的日子。

現在的她不知道該爲了什麼而活，又該盼望著怎樣的日子活下去。

女子輸給了無力感，強迫自己睡不必要的覺。像迷路的人一樣，在夢中世界遊蕩。然後遇到了從頭到腳都被藍毛覆蓋的夜光獸。

「您是不是不知道要去哪裡，或是什麼也不想做？」

夜光獸彷彿看穿了她的心情。

「您願意跟我一起走嗎？我知道一個適合您這樣的人稍作休息的地方。」

女子點點頭，於是夜光獸讓她坐到自己的尾巴上。當她失去平衡快要掉下去的時候，夜光獸就會捲得更大力，讓她靠在自己的背上，並用尾巴末端輕拍她的背。

夜光獸帶女子坐上通勤列車後，拿洗滌物蓋住她。又用味道乾淨舒服、不需要洗的衣物堆擋住，不讓任何人看到或打擾她。

她就那樣跟著藍色夜光獸，來到洗衣所裡面。

達樂古特和佩妮順利將邀請函交到了三三〇號客人手上後，現在正要去洗衣所最偏僻的地方尋找六二〇號客人。在天花板有點低的空間裡，可以看到大型沙發擺在那。雖然這裡也沒有照明，但是嵌在洞窟牆上的回憶結晶流淌出足夠的光線。有三隻夜光獸圍坐在一起，正在折疊晾乾的衣物。他們的談笑聲迴盪在洞窟牆壁間，發出微弱的回音。

「六二〇號客人在那裡。」

「嗯？哪裡？」

佩妮又往前走幾步，才發現六二〇號客人的身影。他坐在夜光獸之間，正在認眞地折珊瑚絨襪。

「您好，六二〇號客人。」

這次是佩妮跟客人搭話。

「在叫我嗎？」

看起來二十五歲左右的男子反問。

「對，方便跟我們談一下嗎？您手上的工作好像之後慢慢再做也可以。」

佩妮邊看晾乾的衣物堆邊說。

「好像要折個衣服我才有活著的感覺。雖然我現在做不了什麼厲害的事，但我還是想找點事情來做。」

男子回答的時候手上動作也沒停下來。

「可以請問一下您發生了什麼事嗎？」

佩妮悄悄在他旁邊坐下並詢問。

「沒什麼。我只是……很累而已。」

大家都公認男子年輕時是個生活很認眞的人。很多朋友都問他怎麼有辦法把一天過得那麼充實，後輩也拿他當效仿的榜樣。男子認爲只有勤勞地身體力行，才是能夠不陷入雜念，奔向目標的唯一方法，而在大部分的情況下，他的想法是對的。對於有些人不願行動只陷在無解憂鬱中，或是放任情緒淹沒而做不了該做的事，男子不但跟他們毫無交集，也完全無法理解。

賦予他生活動力的是家人，他眞的很愛他們。懂事之後，他就只想著要爲家人帶來幸福，希望快點出人頭地。

他想買輛新車送給父親，換掉他那輛壞了修、修了壞的老爺車；他想辦一張額度綽綽有餘的信用卡送給母親，但是時間不等人，有時候他會擔心等自己站穩腳跟都不知道幾歲了，而到那時父母又是幾歲了。

然而，每到關鍵時刻，大部分的事情總是事與願違。光是努力並不能左右錄取率只有百分之二的考試結果，也沒辦法立刻找到怎麼等都等不到的工作機會。

每當斷送一個機會，他就只能一而再，再而三延後那些他所描繪的未來。

「現在的經歷在往後都會成爲助力，無論是以什麼形式。年輕時所經歷的挫折才是最耀眼的成功基石。」把這種正能量語錄設成手機鎖定畫面都是過去的事了。好像終究只有過得一帆風順的人才會說出這種話，所以他老早就刪掉了。

男子很快地愈來愈意志消沉。

他需要重新收拾心情的時間。閉上眼睛躺著，是照顧心靈最簡單的方法。他覺得自己肯定是哪裡壞掉了。

「眞希望這就像電腦的小故障，只要重新啓動就會恢復正常。」

男子睡睡醒醒，像是要把自己關機再重新開機。入睡很容易，想醒來卻需要意志力。無力感不知不覺變得很重，只靠他一個人的力量實在束手無策。男子怕自己會被憂鬱蠶食掉，所以連憂鬱這個字眼都不敢輕易說出，因此誰也不知道他的狀態。他雖然很想從夢裡走出來認眞生活，卻常常感到渾身無力。明明睡不著，卻還是關掉房間的燈入睡。躺著動也不動的時間愈來愈長了。

男子平靜地說出自己的故事，並欣然收下邀請函。談話的時候，他的手也沒有停下來，一直在幫夜光獸把珊瑚絨襪疊整齊。

「聽說反覆做簡單輕鬆的工作，有助於克服無力感。」

男子努力故作堅強。

不知怎的，佩妮覺得他的模樣看起來很可憐。

「沒錯。我在這裡晾衣服、折衣服的話，也會不知不覺就收拾好了心情。所以我一直期盼自己能快點變老，來這裡工作。」

不知何時走近的阿薩姆突然插話。他拿著燈關掉的手電筒，仔細查看男子的周遭。

「你突然冒出來在找什麼啊？」

佩妮無法理解阿薩姆的行爲。但就在這個時候，男子的腳邊慢慢變黑，彷彿有影子垂在地上。

「你們看！我的腳邊好像有什麼奇怪的東西……」

那道暗影變成了人影。影子把自己的身體膨脹得愈來愈大，整個圍住男子的四周。明知這不可能發生，但佩妮還是瞬間被嚇到，以爲影子即將吞吃掉男子。

「你這傢伙，還不退下！」

阿薩姆打開手電筒，照到影子上。突如其來的大喊令靜靜待在旁邊的達樂古特嚇了一跳，弄倒整齊疊好的珊瑚絨襪堆。突然被光線照到的影子瞬間縮小，化成彷彿被男子抱在懷裡的小嬰兒。

「你們這些傢伙就是太喜歡人類了，但也不能欺負你的主人啊。」

阿薩姆一警告影子，影子就縮得更小了，在男子的腳邊盤旋。

「阿薩姆，這到底是什麼東西啊？」

佩妮替一臉糊塗的男子發問。

「那是這位客人的夜影。因爲客人不做夢，一直窩在這裡，所以夜影一路跟到他所在的地方。因爲這些傢伙的關係，就算充分獲得了休息，睡醒之後還是會覺得不舒服。夜影雖然不壞，但是生性固執難纏，所以主人沒辦法舒服醒來。這位客人好不容易在這裡獲得充分的休息，心情變好，但因爲那個傢伙的緣故，醒來之後心裡又要感到不舒服了。」

阿薩姆大發牢騷，男子腳邊的影子便不高興地沿著牆壁躲入黑暗中了。

「不過影子還是比那些不想穿衣服而逃跑的客人好抓很多。幸虧我已經有了年紀，資歷豐富，所以可以調來這裡工作。」

阿薩姆好像很滿意洗衣所的工作。

「我也喜歡這裡。希望有更多的人知道這裡，過來好好休息，再往下走。達樂古特先生，對吧？」

達樂古特默默搖頭後開口。

「這裡連個可以創造利益的東西也沒有啊。沒什麼人會希望客人躲在這裡，什麼夢也不買。這裡尤其容易被盯上，某些人肯定看不慣有人隨意把不做夢的人藏在這裡。」

「您是指……投訴管理局嗎？」

「投訴管理局也是那麼想的機關之一，不過他們也只是做了該做的事。我們不賣夢的話就生存不下去，有些業者說不定會急著想封閉這裡，或是強迫推銷夢境給客人。有時候『等待』是最好的辦法，但很少人知道這一點。」

達樂古特這番話，帶著點苦澀感。

「所以這個地方只讓眞正有需要的人知道就夠了。至少亞特拉斯是這麼認爲的。而且人們也不能在這裡待太久，這裡不是他們該一直待下去的地方。雖然無論是誰都需要避風港，但如果在避風港待得太舒服而回不去原本所在的地方，那也很麻煩，不是嗎？」

不知不覺中，不懂事的夜影們又在人們的周圍探頭探腦。

人們甩不掉可愛地探頭探腦的影子，臉上露出爲難的表情。那表情有如早上爬不起來而皺著眉頭的樣子。

「再不放開你們的主人，連你們喜歡的回憶也創造不出來了喔。」

影子們彷彿聽懂了達樂古特的話，一哄而散，跑得遠遠的。

「我該回家了。佩妮，妳的邀請函也發完了吧？」

「嗯。」

「那我們可以一起出去。達樂古特先生，我們快走吧。」

雖然阿薩姆這麼說，但達樂古特好像很在意洞窟裡的其他客人。

「亞特拉斯先生隨時都在這裡，所以沒關係。客人不是孤單一個人。到了凌晨，其他夜光獸也會再過來的。」

「是啊，我今天該辦的事情好像都辦完了。快點跟亞特拉斯打個招呼就回去吧。」

一行人回到了洗衣所入口。一整排的夜光獸左搖右擺，走出洞窟。除了幾臺洗衣機之外，其餘都是停止運作的狀態。

「看來除了我們，還有其他客人來。」

達樂古特指向亞特拉斯的洞穴屋。

佩妮在他指出的地方發現了驚喜人物。一頭盤髮加上那身下襬飄飄的道袍，穿著打扮跟這個地方格格不入的男子十分顯眼。身上披著低彩度青色道袍，腰繫細長蠶絲腰帶，在他旁邊的是一身西式服裝的高個女子。佩妮想起以前在新聞報導中看過道濟的身影。他是製作「亡者出現之夢」的製夢師，出了名的神龍見首不見尾。佩妮不敢置信，那樣的人物就跟亞賈寐．奧特拉一起站在自己的面前。

他們不知道在跟亞特拉斯聊什麼，同時轉頭看向達樂古特和佩妮。

佩妮第一次近距離看到道濟。他那雙細長敏銳的眼睛與不像現代人的氣質，跟打扮風格特別現代的亞特拉斯形成鮮明的對比，彷彿古代人和現代人一起從洗衣機樣式的時光機中冒出來。

道濟靜靜盯著佩妮的臉。或許是因爲對他的夢帶有先入爲主的偏見，佩妮感到一陣陰森氣息而全身僵硬起來。幸好奧特拉認出佩妮，打破了短暫的沉默。

「佩妮？」

佩妮煩惱著要說什麼才好，好不容易想到了話題。

「喔……那個……二位也會參加睡衣派對嗎？」

這是眼下最不尷尬的聊天主題。

「啊，我都聽說了。好多製夢師都在準備以『回憶』爲主題的夢境。這對他們來說想必也是很好的機會。達樂古特，我和道濟也可以參加嗎？」

奧特拉捲起薄薄的雪紡衣袖，積極地問。

「如果你們願意幫忙的話，那派對一定會更盛大。」

「以回憶爲主題啊，我們先祖聽到的話，想必會感動不已。因爲我們是非常珍視回憶的人。回憶帶有愈常回想就愈堅固結實的性質。慶典結束之際，這洗衣所也會變得更加明亮吧，洗滌物也能晾得更乾爽。」

亞特拉斯背對洞穴站著，露出燦爛的笑容。

「達樂古特先生，請問敝人可否以回憶製燈？」

這是沉默不語的道濟第一次開口。

口吻奇特就算了，佩妮覺得他連聲音也很像古代人。

「我想，蒐集亡者的回憶結晶來當作燈應該很不錯。似乎很適合慶典，不曉得您意下如何？」

「用亡者的回憶製成的燈嗎……？外人聽到的話，應該會想到走馬燈。」

達樂古特感到爲難。

「走馬燈是什麼啊？」

「這有點難說。雖然這個物品極具你的個人風格，但好像不太適合這個慶典。

嗯……那樣的話，製作看看包含跟逝者共享的回憶之夢怎麼樣？」

達樂古特拐彎抹角地拒絕道濟的提議。

「話說回來，以回憶作爲派對主題，應該是受到了二樓樓管維果．邁爾斯的影響吧？他可不是普通的固執。」

奧特拉轉換氣氛並問道。

「維果的確想這麼做，不過機靈地誘導大家做出此決定的人是佩妮。」

「不愧是佩妮！邁可森會喜歡她不是沒有原因的。哎呀，我好像多嘴了？一提到年輕人的事，我也忍不住跟著瞎起鬨。」

奧特拉突然這麼說，佩妮眼睛眨呀眨的，一時不知道該怎麼回答才好。

「邁可森？我眞不曉得那傢伙在忙什麼。」

亞特拉斯哈哈大笑。

「邁可森最近不太常來吧？亞特拉斯，就這麼一個獨生子，卻連個影子都不見，你一定很難過。」

佩妮大吃一驚。從外表來看，亞特拉斯和邁可森長得一點也不像。

「是很難過啊。但那小子終究是長大了，成爲了比我這個父親還要棒的人。做父母的還有比這更開心的事嗎？」

「亞特拉斯先生是邁可森的父親？那他也是在這座洞窟長大的嗎？」

「沒錯，所以我也是一路看著邁可森長大，而亞特拉斯對我們來說就像父親一樣。」

奧特拉邊說邊溫柔地挽著比她還要嬌小的亞特拉斯的手臂。

「亞特拉斯，道濟那時候也很可愛……對吧？雖然當時說話語氣就很特別。」

「對平常遇到的亡者保持禮貌，自然而然語氣就變成那樣了。畢竟他從小就目擊過許多人的死亡……」

「好久沒有聊到以前的事了，真懷念。每次來到這裡，總是會沉浸在回憶裡。小時候我爸媽跟別人借錢的時候，總是拿我當藉口。說什麼養小孩很花錢，可是其他人的父母通常不是那樣子的。有人來我家的話，就算心情很好，我也得擺出可憐兮兮的表情。我發現那樣的話，父母就能談得更順利。可是他們還是捨不得在我身上花錢。」

奧特拉若無其事地提起往事。

「突然提及這些陳年舊事會讓年輕人感到不自在吧。連我都知道的事，妳怎麼會不明白呢？」

道濟邊說邊偷偷看佩妮一眼。

「哎呀，我又說了不恰當的話。上次私底下跟佩妮處理了一些事情，覺得跟她親近許多，所以才會那樣說。而且比起擁有某個東西的滿足感，對於無法擁有的東西的渴望，讓我更有動力走下去。多虧這一點，我才會像現在這麼成功，不是嗎？你們來過我家，也知道我對自己有多好吧？」

佩妮想起亞賈寐．奧特拉的大豪宅。

「你們可以好好長大，不知道有多慶幸。邁可森因爲我這個父親，必須在洞窟裡度過童年，而道濟也吃了很多苦。生死離我們並不遠，但他卻因爲能看見死亡而受盡侮辱……」

亞特拉斯用長繭的手抹淚，不捨地看著奧特拉和道濟。

「敝人現在沒事了。這裡是不做夢之人的影子稍事休息的所在，也是我們那如影子般黑暗的內心可以休憩之處。樹木需要一定的時間來扎根，如同冬天沒來由地降臨於森林，有時候即便錯不在己，苦痛也會隨之而來。在第一個冬天到來之前，誰都不會預先知道的。所以也別太可憐在這裡休息的人們了。等時間過去，他們自然會達到內心的平靜。」

佩妮這才放下心來。不然放老顧客留在洗衣所，自己轉身離開，實在讓她感到舉步維艱，心情沉重。

在這座洞窟度過童年的邁可森、奧特拉和道濟，三人都堅強地活出不同的樣貌。現在在此駐足的客人終究也會跟他們一樣好起來的。他們站著聊了許久，擅長察言觀色的夜影們再次出現，四處窺探。這群不知好歹，探頭探腦的可愛影子，佩妮實在不太想趕走他們。

第九章
超大型睡衣派對

熱暑盡散，早晚都吹起了涼爽的秋風。睡衣派對第一天的早晨終於破曉了。做好萬全準備的員工待在各自崗位上興奮等待客人到來。

「好，打開這扇門的話，派對就正式開始了！三、二、一！」

薇瑟阿姨打開夢境百貨入口的門，往外敞開。眼前展開的風景令員工驚嘆連連。

心情激動的佩妮就站在店門口。他們這幾個月以來準備的裝飾品、五顏六色的攤位，以及從全國各地一路開過來的行動餐車井然有序地布滿整條街道。

一大早便湧入了只穿著臥室拖鞋或珊瑚絨襪的人們。身穿便服的人一個也沒有。一開始還覺得只穿睡衣出門很不自在的人，現在反而看到彼此不同的面貌而哈哈大笑，感到心滿意足。當大家還在猶豫能不能站到放滿馬路的床上時，有一群國中生跳上純白的加大雙人床，打起枕頭仗來。這彷彿是信號彈一般，所有人跟親朋好友一起挑了張附近的床鋪，鬧哄哄地玩在一塊。

佩妮忍不住想拿出包包裡的睡衣來穿。

「等不到下班時間了。眞想脫掉圍裙，立刻穿上睡衣衝出去玩。今天的時間走得特別慢，對吧？」

佩妮跟薇瑟阿姨一起站在前檯，一副快哭出來的表情。

「佩妮，我也很想快點下班，跟我家孩子一起享受派對。對了，妳跟毛泰日一起去檢查攤位吧？快去。」

「眞的可以嗎？謝謝，薇瑟阿姨！」

薇瑟爽朗大笑，叫了貼在一樓大廳玻璃窗上，緊盯著外頭不放的毛泰日。

「毛泰日！別站在那裡了，快跟佩妮一起出去吧。希望不要現在就出什麼問題，如果有壞掉的小道具，一定要跟我說。順便確認攤位有沒有需要什麼東西。」

「好！聽到您這麼說眞開心，我正想偷溜出去呢。」

佩妮和毛泰日故意到處打轉，一邊逛派對，一邊慢慢往前走，沒有直接前往製夢師的攤位。

就算撲通躺到街道中央，也不怕被大人嘮叨，找到合理藉口跟朋友從早玩到晚的年輕人看起來特別開朗。

其中好像也夾雜了特意從其他城市過來的人。他們帥氣地把眼罩戴在額頭上，就像戴墨鏡那樣。

「我也不能輸。」

毛泰日從褲子兩邊的口袋掏出捲成圓狀的珊瑚絨襪，穿上柔軟的襪子之後，在擦得光滑無比的馬路上，像溜冰那樣往前滑到遠方。

「佩妮！快來啊！」

「小心跌個狗吃屎。」

佩妮邊追上去邊警告毛泰日。

「那又怎樣？就算在這裡跌倒，也只會跌在柔軟的床上。四面八方都是床鋪和棉被啊。」

佩妮和毛泰日很快便來到以「回憶」爲主題的夢境銷售攤位聚集處。

兩人走向戀愛氣氛四溢的粉紅色攤位。光是看到這些裝飾，就能猜到是哪位製夢師的攤位。

「佩妮、毛泰日！你們來得正好，我們的攤位最顯眼，對吧？」

頂著大光頭的吻格魯見到兩人，開心問候。他不是一個人，旁邊還有賽林・格魯克、查克・戴爾。這群製夢師的共同點是觸覺方面的天賦。

「結果三位一起製作夢境啦。這次是包含什麼回憶的夢呢？你們的風格都融入其中了嗎？」

毛泰日拿了一個貨架上的夢境盒。

近白色的淺粉紅包裝紙和攤位內播放的抒情背景音樂融合交織，散發出朦朧感。

「我們爲了紀念慶典而製作的夢境叫做『初戀的回憶』。」

「那應該跟賽林・格魯克小姐的風格差很多吧。比起這種東西，您不是更喜歡逼眞感十足，打打殺殺或追來追去的類型嗎？」

毛泰日說。

「放心，結尾也加入了我的個人特色。可以夢到比原本的回憶更驚險刺激的夢。雖然我們也考慮過要不要重現完整的回憶，或是只加強情緒的部分就好，但我們還是想發揮長處，所以在觸覺方面下了很大的工夫。我敢保證會產生眞的回到當時的感覺。」

賽林．格魯克自信滿滿地說，她穿著跟攤位布置很搭的粉紅色襯衫。

聊天的時候，也有很多人來到攤位上。

「爲了接待客人，你們接下來肯定會忙得不可開交。那我們先告辭囉，還得加緊腳步去其他攤位看看。如果有需要協助的地方，隨時歡迎到夢境百貨來告訴我們。」

佩妮閃開湧入的客人，一邊退後一邊說。

「如妳所見，我們沒問題的。如果人手不足的話，到時候再麻煩你們。」

查克．戴爾露出迷人的微笑送走兩人。

佩妮和毛泰日一離開，剛來到攤位的三十幾歲男客人便指著「初戀的回憶」，向查克．戴爾詢問。

「初戀情人眞的會在夢裡出現嗎？」

「那是當然。您今晚會在夢裡重回到少年時期。」

男子滿懷期待，毫不猶豫拿起夢境，隨後陷入了熟睡。

夢中的男子跟初戀情人一起走在高中時居住的社區巷弄裡。住在同個社區的兩人總是在放學後一起回家。

男子注視著女孩，心情就跟當初一樣。夜晚空氣的觸感和路燈的光線籠罩住漫步往前走的兩人。雖然只有巷子跟回憶裡的很像，其他部分都跟實際模樣有出入，但還不至於打破男子做夢的沉浸感。

兩人揹著書包，保持手臂快碰到又碰不到的心驚肉跳的距離。雖然沒有特定的聊天話題，兩人的笑聲和輕鬆玩笑話仍然接連不斷。男子一邊看著前方走路，一邊斜眼偷瞄女孩，她的側臉真的很可愛。

放學回家的路搭公車要十分鐘左右，一個人走的話很遠，但是一起邊聊邊走的話，卻總是覺得距離短到中間的路程都消失了。

在夢裡，兩人也是一下子就走到女孩的家。就算漫無目的再多逛社區幾圈也不會消散的戀戀不捨席捲了兩人。

女孩一臉不捨地走進家門時，男子內心突然湧起強烈的勇氣，朝女孩走近一步，雙唇快碰到臉頰的那一刻，玄關門突然被打開，出現的是女孩的父親。她父親弄清楚狀況後臉紅脖子粗的樣子，令男子頓時慌了手腳。女孩趕緊把他推開，而他迅速地往巷子逃走。

男子在巷子中飛奔而過的時候，感受到學生時期愛穿的那雙運動鞋踩踏地板的感覺，氣喘吁吁的他抓緊校服上衣，揹好書包的所有觸感都是那麼地栩栩如生。

夢中的男子毫無疑問就是十五年前的那個高中生。在巷子盡頭心想「唉……應該正大光明地打招呼，不要逃跑的。」那份後悔的情緒也跟當時一模一樣。

男子早上自動醒來，回想起夢裡出現的場景，沉浸在回憶好一陣子。以眞實回憶爲基礎的夢，跟平常夢到的其他夢不一樣，沒有一醒來就從腦海中煙消雲散。不僅浮現記憶，還體驗到了有親臨現場的生動感，令他很是驚訝。還以爲當年的事早就忘光光了……毫無預警地在夢裡重溫無法再次返回的時光，帶給他久久難以平息的喜悅。

「在只會往前流逝的人生當中，還有比這更讓人驚喜的禮物嗎？」

此後三天，吻格魯和朋友們所販售的「初戀的回憶」攤位，還有主廚格朗豐的「令人懷念的回憶之味」攤位人氣暴漲，忙到連夢境百貨員工都得過去幫忙。

家具行贊助的床鋪和寢具在道具負責人薇瑟阿姨的嚴格監視之下，大部分都保持得很乾淨，只有鞋店前的古董床總是亂七八糟的。

「看看那邊，床上堆滿了葡萄皮或零食包裝紙。枕頭的邊邊都裂開了。如果又是矮精靈做的好事，我這次絕對不會善罷干休。」

在床上三三兩兩聚在一起的矮精靈，拿著手指指節大小的枕頭打鬧。一看到佩妮和毛泰日氣呼呼地走過來，便迅速飛往其他地方。

雖然矮精靈主要製作「飛天夢」，但由於沒人眞的有過飛到空中的回憶，所以他們在這次的派對上什麼夢境也沒法展示。爲了出這口氣，他們在派對上玩得最瘋狂，一下飛到這張床上，一下飛往那張床上，四處搗亂。

佩妮抖抖棉被，拿白布擦拭古董床頭的裝飾鏡子。

毛泰日和佩妮勤勞地檢查每個活動攤位，跟店裡回報情況，這幾日來天天都得走上好幾萬步的路。這個意料之外的走路減肥運動，讓毛泰日的臉頰消瘦不少。他照了照床上的鏡子，看著自己的下顎線條，露出心滿意足的表情。

「佩妮，妳不覺得我的五官變立體了嗎？都快認不出來了。」

信心大增的毛泰日爲了吸引眾多女性的目光，穿著新買的高級絲綢睡衣，整天都很在意周遭，但是他所期待的浪漫邂逅一次也沒發生。

毛泰日開心地享受派對，佩妮卻是日益擔心，腦袋空白。派對雖然辦得很成功，沒出什麼大問題，但她還沒看到在夜光獸洗衣所另外送出邀請函的三三〇號和六二〇號客人。等到派對結束，客人仍沒回來的話，說不定就會永遠失去這兩位老顧客，這個想法讓佩妮很不安。

佩妮經過一群快把床墊彈簧跳壞的小孩子，回到夢境百貨。

大廳來了幾位貴客。傳奇製夢師亞賈寐．奧特拉、道濟和頌兒．可可齊聚一堂，站在載滿夢境盒的推車前跟達樂古特說話。

「時間很趕，沒想到你們替我做出了品質如此優良的夢，真是太厲害了。我，達樂古特欠各位一個大人情。」

「這點時間就很夠了，我這傳奇製夢師的稱號可不是白叫的！」

亞賈寐．奧特拉毫不在意地回答，旁邊的道濟反而尷尬地咳了幾聲。

「怎麼能從自己的嘴裡說出那種話來啊？」

「現在是什麼時代了，沒什麼好害羞的，自己要理直氣壯一點才是啊。」

「奧特拉，妳好像找回自信心了。」

達樂古特欣慰地笑。

「要不是上次佩妮來找我，我現在應該是窩在夜光獸洗衣所，跟亞特拉斯喝得爛醉如泥，根本不會來參加這場派對。但要真是這樣，我會後悔死。多虧佩妮，我現在找到了『他人的人生之夢系列』的製作方向。準備好的話，預計就會盛大推出『他人的人生之夢（正式版）』。到時候有勞你了。」

「我會空出一樓展示櫃最好的位置等妳。」

「達樂古特，謝謝你也叫了我。」

雙頰依舊跟嬰兒一樣白嫩的頌兒．可可握住達樂古特的手。

「頌兒，說什麼謝謝啊？我才該跟妳道謝才是。應該沒有太勉強自己吧？看妳帶來了不少夢境。我們這個年紀的人要小心不要太操勞啊。」

「看到年紀跟我差不多的尼古拉斯在各方面的活躍表現，我正覺得技癢。你也知道，他今年上了很多次新聞版面，直到現在還是那麼血氣方剛。我當然也不能就這樣老實待著。碰巧你要我製作在慶典上推出的夢境，我好久沒有這麼開心地工作了。」

「各位都準備了什麼記憶來製作夢境啊？」

佩妮一邊問，一邊幫達樂古特卸下推車上的夢境盒。

「猜猜看。」

「道濟先生應該是放入了逝者的回憶，其他幾位的作品我就不太清楚了。」

「頌兒決定再送一次『胎夢』給為人父母的做夢者。我覺得在小孩長大不少的時候，又夢到胎夢也會是一段美好的回憶。要想重現孩子剛來到夫妻倆身邊時的感動，哪裡有比這更好的方法呢？」

「那奧特拉小姐的夢呢？是跟上次一樣體驗到他人的回憶嗎？」

「那種夢沒辦法一次大量製造，所以這次的夢不是從別人的視角所做的夢。奧特拉不是還很擅長製作另一種夢嗎？那就是把長時間縮短，一夜之間就能體驗到的夢。」

夢境百貨一樓大廳陳列了傳奇製夢師以回憶爲主題所製作的夢境。因爲布置得比較慢，客人出乎意料地少，毛泰日因此自告奮勇，發下豪語說要招攬客人過來。他抓住每一位路過的客人，當起「回憶販子」。

「客人，聽我說一句就好。所謂的美夢有三種條件。第一，有可以收回的夢境費，也就是可以產生各種情緒的夢！第二，就像重溫一遍也還是很喜歡的好電影，再夢到一次也很有意義的夢！第三，爲做夢者量身打造的夢！完美符合這一切的就只有一種夢，您知道是什麼夢嗎？」

「是什麼夢啊？」

「那就是回憶。」

聰明的毛泰日活學活用，說出員工們在決定派對主題時所討論的內容。本來只是路過的人接二連三地走進百貨店。其實比起聽到毛泰日的話而進門的客人，更多的客人看起來是因爲他的誇張動作和語氣，誤以爲店裡會有更好玩的活動而進來。

「就這樣忘掉回憶太可惜！早已遺忘的記憶在夢裡全都可以徹底想起來！把握搭乘時光機返回過去再飛回來的機會！現在就來達樂古特夢境百貨吧！」

不過，毛泰日這幾句話似乎眞的刺激了客人的購買欲。

「那我們也買一個看看吧？」

人們開始排隊購買製夢師準備的夢。有孩子的年輕夫婦主要購買頌兒．可可的夢，上了年紀的人因爲期望能與懷念的人重逢而買了道濟的夢。

佩妮終於在人潮中發現自己翹首期盼的人了，就是在夜光獸洗衣所見到的三三〇號和六二〇號客人。佩妮看到他們拿走亞賈寐．奧特拉製作的夢，這才放心下來。他們今晚將會夢見長久歲月壓縮成一部電影般的美夢。

退休後陷入無力感的女子在夢裡重溫了平凡的每一天。

為了配合上班時間而艱難地起床；週末想睡個甜美的懶覺，犒賞辛苦的平日，卻因為孩子們找爸爸媽媽，而跟丈夫一起從床上跳起來；過往的種種，瞬間一閃即過。手忙腳亂地準備上班，在出門的途中順便倒垃圾，常常跟自己打招呼的鄰居也出現了。

與先生一起討論關於孩子或家中大小事，輪流登場的好事或煩惱擔心的事，令人又哭又笑、夫妻倆安慰彼此的瞬間，也夾雜在夢境中。

不論是天陰或天晴，總能找到理由準備適合那一天的料理來吃；邊欣賞四季綻放的花朵，邊享受時令美食的日常回憶，順暢流過夢境。

在職場上獲得成就感與落入失望的瞬間；跟同事們聊的雞毛蒜皮小事情，也一一按照時間順序浮現。

夢裡的女子先是住在籌備婚禮的獨立套房；之後則是來到生完老大後住的、有兩間房和綠色大門的屋子。就連躺下會看到凹凸不平的天花板，還有洗澡時眼睛平視位置的特殊花紋磁磚也清晰重現了。

每個場面能看到的時間都只是一剎那，但出現的場所全都是女子待了許久的人生據點。所以入睡的女子才能邊做夢，邊回想起許多相關的記憶。

「老公，昨天我在夢裡看到我們以前住的那間房子了。就是以前那個有兩間房間、屋主就住在二樓、有綠色大門的屋子，你還記得嗎？」

醒來的女子跟先生說起昨晚的夢。先生早就起床了，正在做體操。他那染成黑色的頭髮底下又冒出了白髮。

「有綠色大門的房子？我當然記得啊。屋主的名字、還有發薪日一定會叫外賣來吃的炸雞店電話號碼，我全都記得。我偶爾也會夢到還住在那裡的時候。從那間房子搬出來時，妳不是哭得很慘嗎？我還問妳說：『要搬到更大的房子，怎麼哭了？』妳就開心地笑了一會，然後拖地拖到一半又突然蹲在地上大哭。我們老大一邊對妳說：『媽媽，不要哭。』一邊在旁邊跟著哭，我直到現在還是歷歷在目。因爲搬家的關係，所以大門整個打開來，妳放聲大哭，哭到整個社區的人都知道我們要搬走了。」

先生在妻子身旁坐下，笑著說出往事。

「不曉得我當時是怎麼了。把所有行李搬出來之後，你和我的聲音在空蕩蕩的屋子裡迴盪，我覺得很奇怪、很不喜歡。我在那裡吃飯、跟你說笑、哄孩子入睡、打掃，總覺得又哭又笑的回憶全都跟著行李一起被搬出來了。不過我眞的很感謝那棟房子。那時期不是我們一家人最辛苦的時候嗎？可能是因爲很感謝那屋子在我們搬走之前，一直溫柔地懷抱住我們，所以我才會哭吧。」

「沒錯。對了，還記得我們最一開始住的那間房子嗎？就是我還年輕時，一個人住的、小到不行的月租套房。那時眞的可以說是家徒四壁，非常寒酸，我都不好意思問妳要不要同居，甚至連讓妳看到都尷尬。但我其實也很懷念那間屋子。有一年夏天，我們不是因爲棉被沒曬乾，所以暫時躺在還有點發潮的棉被上閒聊到睡著嗎？不知道爲什麼，我眞的很喜歡那段回憶。」

先生繼續說下去，說得比妻子還要開心。

「眞是什麼都記得。這麼說來，狠下心來入住昂貴飯店的時候，除了早餐很好吃之外，我什麼也不記得。在不是任何特殊節日的平凡日子裡，跟我們的孩子做海苔飯捲或櫛瓜煎餅來吃的回憶，爲什麼就記得那麼清楚呢？哎，這麼說來，我們的日子也過得很精采。」

「是啊，長久以來都過著精采的生活。我們真的在一起很久了。」

「所以你膩了嗎？」

妻子開玩笑地說。

「哎唷，又來了。我哪會覺得膩？我的回憶就是妳的回憶，我很開心啊。」

先生的手疊在妻子的手上，輕輕拍著。

人生是由九九．九%的日常與○．一%的陌生瞬間組成。那九九．九%的日常太珍貴了，即便毫無其他令人期待的事情，也沒必要感到傷心。季節的更迭、外出返家的路上、天天吃的飯和天天看到的人，全都彌足珍貴。

自己的生活都跑哪去了？今後生活的喜悅是什麼？女子這才發現，這些提問其實早就都有答案了。

年輕的六二○號男客人也在夢裡重溫了往日回憶。夢裡的他正值十九歲，那年因學測考得不如意，所以決定年底重考。

心煩意亂的男子心想「哎，管他的！」，就連襪子都沒帶便跟朋友們衝去看日出，在夢裡重新經歷了當時兩天一夜所發生的每一刻。

一行人坐在票價最便宜、前後相鄰的火車座位上，儘管在意其他乘客的臉色，還是哈哈大笑開幼稚的玩笑。想趁抵達目的地之前小睡一會的時候，被車身散發出來的刺鼻油味弄得一陣反胃，連這一點都完美地在夢裡重現了，簡直讓人根本想不到這是在做夢。

男子和朋友們等日出的時候，因爲抵擋不了寒意而跑回屋內蹲著等待，結果不小心睡著了。等到再次睜眼時，圓滾滾的太陽早已升起，男子空虛地笑了許久後，對完全升起的太陽許願。

十九歲的男子深信學測是人生中最重要的事，但他嚐到了失敗的滋味。他此時此刻的心願再明顯不過。

「請讓我覺得過去的事情根本不算什麼吧。」

接著浮現回到家的時候，詢問去旅遊開不開心的父母臉孔。那是對他沒有任何要求，再溫暖不過的臉孔。

醒來的男子想不起來所有的夢，但他還記得當時許下的願望。現在的男子很清楚那個願望已經實現了。不留遺憾衝刺念書的那一年，還有取得的好成果，造就了現在的他。當時盡是酸楚的經歷，如今回頭一看，都是將男子塑造成與眾不同的模樣的基礎。就算會摔得四分五裂，男子也想確認看看那底下的碎塊最終會以什麼模樣完成。但要是真想那麼做的話，就只能用力撞擊看看了。此刻男子需要的只有一句咒語。

「經歷過之後根本就不算什麼，我會挺過去的。」

參加睡衣派對的人很多，各式各樣的回憶也在各自的夢中出現。那些記憶一直保留在人們腦海裡的某個角落，就跟不特意拿出來，會永遠放在發霉書櫃上的舊相簿一樣。

跟原以爲永遠都不會變熟的死黨初相遇的場面；在五味雜陳的辛苦日子裡看見

的下班路途風景；雖然每個人重溫的回憶都不一樣，但是都有一個共同點。

無論是怎樣的記憶，在成爲回憶之後，點滴的喜悅和悲傷什麼的界線會變得模糊不清，而那本身便很美。

「這個回憶是我的沒錯，但它之前是去了哪裡，怎麼昨晚才又在夢裡回到我身邊呢？」

去過派對的人從夢裡醒來之後，都難得地擁有了回顧過去的時光。

爲期一週的派對現在只剩下最後一天了。確定等候到來的客人全都來過之後，佩妮這才跟其他人一樣享受派對。

「夢境新技術體驗攤位」天天都有不同的研究員介紹新產品或製作夢境所需要的新技術。

佩妮一邊聆聽年輕研究員的親切解說，一邊吃冰淇淋。

「我一直在研究的領域是，做夢途中沒有醒來就進入下一個夢境的夢，也就是大家常說的『夢中夢』。除此之外，我也在加緊腳步研究新技術，讓原本做著愉快的夢卻因爲發生不測而醒來的人，也能在十分鐘內再次入睡，接續之前的夢。您要到攤位裡體驗看看嗎？體驗時間大概半小時左右。」

「沒關係，體驗就不用了。謝謝您的解說。」

佩妮不想在這個攤位睡半小時，浪費掉剩下的慶典時間。她的目光轉移到販售形形色色捕夢網的路邊攤上。那裡擺了好幾百個大大小小可以擋下惡夢，讓人只做好夢的美麗捕夢網。

「這裡最大的捕夢網要連接電源才能用？」

「對，這是眞的可以感應到惡夢氣息的眞正捕夢網。」

老闆一打開連接的電源，捕夢網的羽毛便開始瘋狂打轉。轉得十分激烈，看起來好像更適合驅蟲。

「平常會像這樣轉動，但只要捕捉到一丁點惡夢的氣息，就會發出吵鬧的警報聲。」

佩妮覺得還不如買普通的捕夢網比較好。

就在此時，旋轉中的捕夢網突然發出震耳欲聾的警報聲。

「怎麼會突然這樣？」

捕夢網老闆環顧四周。剛好跟尼古拉斯一起經過附近的邁可森被警報嚇了一跳，愣在原地。

「啊，原來是因爲邁可森才響的啊。抱歉，麻煩你站遠一點。如你所見，這是可以感應到惡夢氣息的物品……」

因爲老闆的這句話，不知所措的邁可森彎腰往後退，卻被鋪在地上的紅毯給絆住，差點摔跤。有幾個人忍不住笑了出來。邁可森搖搖晃晃之際，糊里糊塗地抓住了捕夢網的羽毛裝飾，所以捕夢網像是哀號一樣叫得更響亮了。

佩妮看到邁可森忐忑不安的樣子，心裡不是很舒服。因爲製作惡夢而被當成惡夢般的人來對待，邁可森太可憐了。

「快關掉電源！」

佩妮大喊，不過尼古拉斯早就用腳粗魯地踢掉捕夢網的電源了。

「廉價的爛東西。」

眞不知道邁可森有什麼好道歉，但他卻頻頻對他人點頭致歉，然後像逃難一般地跑走了。

佩妮拖著疲憊的身軀回到店裡。覺得自己似乎吃了太多，肚子像是快撐破了，而且又因爲碰到太多人，現在是累得一點精神也沒有。

桑默和莫格貝莉還在忙著做人格測驗。這項測驗意外受歡迎，連夢境世界外來的客人都跟著排隊等測驗。好幾個身穿綠衣服的投訴管理局員工也在排隊，鬧哄哄地有說有笑。他們看起來無比興奮，跟在投訴管理局看到的時候很不一樣。

佩妮四處閃躲排隊的人，來到站在前檯的達樂古特身邊。

「您也有做過人格測驗嗎？如果是您的話，那結果應該是『三徒弟』吧？」

「我當然有做過，還做了好幾次。莫格貝莉少說替我做了五遍，但每次的結果都不一樣。」

「眞的嗎？好意外喔。我是二徒弟的類型。就算現在再做一遍，感覺還是會一樣。不過啊，雖然我很喜歡亞特拉斯先生的洞窟和邁可森在做的事情，但是我在想大徒弟或三徒弟的優點都很明確，那二徒弟類型的人也有什麼鮮明的優點嗎？」

「妳遇到什麼事情了嗎？」

「邁可森不是專門製作讓人重新想起過往創傷的惡夢嗎？而亞特拉斯先生一輩

子都住在洞窟裡打理回憶。雖然他們都秉持自己的信念在做事，但那好像是很孤單的工作。」

佩妮想到剛才在捕夢網前面不知所措的邁可森。

「我覺得他們重視過去的性格跟孤單沒有什麼太大的關聯。邁可森剛從洞窟出來，說要開一間惡夢工作坊的時候，我也是有點擔心。因爲他一個人好像會很孤單。但是就像妳也知道的那樣，看到今年尼古拉斯和邁可森一起製作含有罪惡感的幸運餅乾之後，我就安心多了。因爲他找到了擁有相同目標，願意一起做事的人。這樣他自然不會再感到孤單了。亞特拉斯也是一樣，他不是跟夜光獸一起工作嗎？今年妳和我的目標一樣，所以我也覺得很踏實，並不覺得孤單。多虧妳，我們找回了很多老顧客。佩妮，眞的辛苦妳了。」

「聽您這麼說我就放心了。」

「還有那個人格測驗啊，沒必要用測驗結果來劃分妳自己的性格。這不是那種東西的用途。」

達樂古特從外套口袋拿出看起來像是全新的人格測驗卡牌。

「您也有這個啊？」

「我也參與了製作，所以收到了幾副當作紀念。以買書所送的贈品來說，這副牌做得很好，對吧？妳看看盒子的底部。」

他把卡牌盒子翻過來，好讓佩妮看到背面。

爲了忠於現在的幸福，請好好活在當下；
爲了尚未相遇的幸福，就努力展望未來；
爲了領悟過去的幸福，務必細細回味過往。

「這個人格測驗卡牌不是確認我們本性的工具，而是讓人可以簡單確認現在該以什麼方式活下去、自己處於什麼情況的工具。所以每次的測驗結果都不一樣反而才是正常的。」

達樂古特從盒子裡取出卡牌。完全重疊的半透明卡牌所顯示的是把「現在碎塊」珍藏在懷裡的時間之神。不曉得是不是巧合，疊在一起的卡牌竟微微散發出朦朧光芒，如同白濛濛的鏡子般照映出佩妮的模樣。

「我有時候會覺得，這三名徒弟並不是各自不同的三個人，而是人們隨著不同時期而變化的三種模樣。如果說自出生的那一刻起，『我的時間便完整存在，因此時間之神就是我自己』的話，妳不覺得『我即是我』這件事很了不起嗎？」

「哇，眞的也可以那樣詮釋耶。」

現在、過去和未來全部都擁有的圓滿豐足，這想法讓佩妮覺得全身暖呼呼的，心情很好。

「無論是客人，還是我們都一樣。有時候充實地活在當下，有時候對過去戀戀不捨，有時候只看著前方，奮力衝刺。大家都有這樣的時候，所以我們必須等待才行。就算人們現在不來買夢，一生之中總會有需要做夢的時候。」

「是，我好像知道您在說什麼了。」

「達樂古特先生！準備的夢境都賣完了。這都是因爲我在外面努力攬客的關係。明年談年薪的時候，您可不能忘了這件事喔！」

毛泰日在遠方大喊。

「毛泰日還是那麼有活力。不是辦了這個活動，就能讓所有的老顧客馬上回流，投訴管理局或洗衣所的人還是會很多吧。但是我們只要備妥各式各樣的夢境，耐心等待就可以了。因爲……」

「因爲大家都有那樣的時候，對吧？」

就在此時，靠近前檯的客人用眼神向佩妮和達樂古特打了招呼，便想走出百貨店。這位客人的手上卻是空的。

「客人，看來您沒找到喜歡的夢？」

「對，因爲我總覺得今天好像不做夢，直接睡著也可以。」

客人不好意思地笑了笑。

「沒錯，偶爾會碰到這樣的日子呢。」

佩妮從容地回答。

「聽到店員妳這麼說讓我很意外，還以爲妳會挽留我呢。」

客人停下腳步，轉頭看向佩妮。

「慢慢來，我們不是天天都會見面嗎？」

佩妮滿臉笑容，跟身旁的達樂古特露出的表情非常像。

「客人，夢境百貨隨時都會在這裡恭候您的光臨。」

後記一
年度夢境頒獎典禮

睡衣派對結束後，整個商圈迎來了前所未有的繁榮。不僅是達樂古特夢境百貨，參與派對的所有商店銷量都明顯有了增長。

其中表現最亮眼的是生產高級寢具與床鋪的「床鎮」。多虧「床鎮」大方提供新床鋪和寢具組當作派對道具，大家才能奢侈地在床上享用會掉一堆碎屑的洋芋片或是容易弄髒寢具的湯麵料理，而這種稍微有點不良的行爲正好爲大家帶來極大的滿足感。派對上的愉快體驗自然而然就轉換成對「床鎮」寢具組的好感，現在他們的寢具組只要一釋出庫存就會立刻缺貨。

另一方面，近期達樂古特夢境百貨員工之間熱烈討論的話題都是大幅增長的二樓銷售額。從派對結束後這三個月以來，二樓的銷售額幾乎快要超過一樓的數字了。

祕訣就在於維果・邁爾斯和二樓員工野心勃勃展開的「刻字服務」。派對結束後，以維果・邁爾斯爲首的二樓員工仍然日以繼夜地苦思，有什麼好點子能讓過去受到的關注相對少的日常區保持高人氣。於是想到了替買夢的客人提供現場刻字服務的方法。他們準備了雷射雕刻機，在合成皮盒子上雕刻購買者的姓名，取代製夢師的姓名。

「創造回憶的人是客人以前的『自己』，所以這個夢的製夢師當然是客人。我們所有人都是最優秀的製夢師。無論對製作或是銷售夢境的人來說，要是少了認眞度過每一天的您，就不可能眞正完成一個優秀作品。」

維果邊說邊遞出夢境盒，客人一臉感動，仔細翻看刻在合成皮革上自己的姓名後，離開了商店。

「如果是毛泰日說那種話，應該沒辦法打動人心。這種方法只有像維果樓管那樣不太說客套話的人來講才能行得通。」

史皮杜用自己的那套思考方式解釋二樓的高人氣祕訣，除了毛泰日以外，大家都附和表示贊同。由於二樓的夢境大受歡迎，來到五樓折扣區的商品數量就減少了，毛泰日因此不是很滿意。

「說得天花亂墜來推銷商品是我們五樓的專長啊。維果樓管，下手輕一點嘛。」

然而，二樓回憶區的人氣祕訣不只那一個。

包裝上甚至還蓋了認證標章，清楚寫著僅添加無害成分，所以某些要來三樓買有刺激性或生動夢境的小孩子，也被父母牽著手帶到了二樓。

「媽，讓我做我想做的夢啦。」

「就買一個媽媽推薦的夢看看，不是已經讓你按照自己的喜好，挑了一個禮拜的夢了嗎？」

佩妮也在《做夢不如解夢》日報看到了專題報導說，達樂古特夢境百貨二樓回憶區提出促銷新招——「替自己慶生的新方法」，也就是把製夢師欄位上刻著本人名字的夢境送給自己，成了當下最新的流行商品。

這樣的氣氛一直延續到了年底，大家聚集在達樂古特夢境百貨，一起用大螢幕收看年底頒獎典禮的時候，關於「維果．邁爾斯」和「二樓回憶區」的討論也是從未間斷過。

「我看到維果．邁爾斯在夢境盒製夢師欄位上刻上自己的名字，一個人揚起嘴角的樣子了。他會想出替回憶區的夢境提供刻字服務這個點子，肯定是爲了安慰當不成製夢師的自己。」

矮精靈像麻雀一樣整整齊齊坐在椅背上，竊竊私語。坐在附近的佩妮以最冷漠的眼神瞪著矮精靈看。自從今年對維果這個人有了更多的了解之後，隨便說別人八卦這件事讓她感到很不舒服。

似乎有消息傳開，說是想要愉快地收看年底頒獎典禮的話，沒有什麼空間比得上夢境百貨，因此跑來大廳等著收看「年度夢境頒獎典禮」的人比去年還多。除了夜光獸，也能看見幾位平常在商圈難得一見的製夢師。

路過的動物和客人三三兩兩聚集在店門口，朝夢境百貨裡面張望。

「不介意的話，進來一起看吧。」

達樂古特爽快地把大家叫進店裡。隨便一看也知道椅子比新進來的人還要少。反應快速的達樂古特拍了一下手，大聲地向大家說。

「把椅子通通撤掉吧，大家今天就一起坐在地板上怎麼樣？幸好我們還有很多墊子。」

達樂古特語畢，員工便有條不紊地動起來，騰出許多座位。

薇瑟把燈具的亮度調得比平常暗兩段左右。到處點起了睡衣派對用剩的美麗蠟燭，氣氛變得更加溫馨，喧譁聲也漸漸平息下來。佩妮伸直雙腿，跟夜光獸阿薩姆一起舒服地坐在墊子上。

有一隻不知道哪來的鮮黃起司色貓咪爬到阿薩姆的膝蓋上，找了個好位置蜷縮起來。

「牠好像很清楚哪個位置最舒適呢。」

佩妮看到達樂古特試圖讓投影機投放出畫面，拿著要插上投影機的二芯電線，煩惱了一會，沒想到這回他一次就插對了，超大型螢幕出現了清晰的直播畫面。坐在隔壁墊子上的薇瑟阿姨朝達樂古特舉起大拇指。

「達樂古特，這裡有空位，坐這裡吧。」

薇瑟阿姨和達樂古特一起坐在道濟和亞賈寐．奧特拉坐的那塊墊子上。不曉得是不是奧特拉纏著道濟把他一起拉來的，道濟整個人僵硬得跟石頭一樣，而煩人的史皮杜緊貼在他的身邊。

「道濟先生，請問您通常都在哪裡買衣服呀？盤起的頭髮放下來的話，跟我一樣是長髮嗎？只穿顏色一樣的道袍是您的人設嗎？我也喜歡輪流穿款式一樣的衣服耶，我們的相似點好像很多。」

「敝人穿的衣服不是人設，只是因為喜歡才穿的……」

佩妮清楚看見道濟微微挪動身體，占據了空位，就怕史皮杜會擠過來一起坐。坐在佩妮和阿薩姆周圍的知名人士不僅只有道濟和亞賈寐．奧特拉。阿薩姆背後還坐了踢克．休眠和製作「動物做的夢」的艾尼莫拉．范喬。阿薩姆是踢克．休眠的多年粉絲。這時跟范喬如影隨形的狗狗們在地板上翻滾玩鬧，阿薩姆趁機轉頭假裝在看狗，但其實是在偷看踢克．休眠。

「佩妮，我覺得比起螢幕裡的畫面，這邊更像是頒獎典禮現場。」

「阿薩姆，放輕鬆。」

阿薩姆深呼吸，摸摸坐在膝蓋上的貓咪。

「這種情況下我怎麼可能放輕鬆啊？看到坐在我後面的人，妳還說得出那種話？」

「嗯，你的心情我都懂。」

佩妮很驚訝踢克．休眠和艾尼莫拉．范喬沒有出席頒獎典禮，而是來到這裡。因為范喬是去年「十二月暢銷作品獎」的得獎者，踢克．休眠更是「大獎」得獎者。

「大家快看螢幕，維果樓管要出來了。」

二樓員工興奮吆喝。

頒獎典禮進行得如火如荼，舞臺上的主持人正要公布暢銷作品獎的得獎者。

「讓各位久等了。本月暢銷作品獎的得獎作品是夢境百貨二樓的『回憶區』夢境！由於製夢師是做夢者本人，所以沒辦法指定得獎者。不過，這個獎項會由夢境百貨二樓的樓管維果．邁爾斯代為領獎。」

因為亮眼的銷售量，這個結果早在大家預料之內，所以眾人並不是很驚訝，但還是對著二樓員工大喊乾杯或歡呼，熱烈地恭喜他們。

螢幕上的維果一身西裝，跟上班時穿的一模一樣，但今天稍有不同的是，脖子上還繫了領帶。維果好像緊張過頭，領獎之後沒有發表得獎感言便立刻往臺下跑，直到被主持人叫住才又回到臺上。

「您還不能下臺呀。簡短說一句話也沒關係。來，這個麥克風給您。維果．邁爾斯先生好像太緊張了。各位，請掌聲鼓勵。」

維果重新站到舞臺中央。一邊摸八字鬍，一邊思考要說什麼話。

「嚴格說起來，這不是我拿到的獎項……所以不好意思講什麼感言。在『年度夢境頒獎典禮』上領獎曾是我的夢想，沒想到活了這麼久還能像這樣實現夢想。以後也請多多支持達樂古特夢境百貨二樓平凡卻又特別的夢，謝謝。嗯……我現在可以下臺了吧？」

維果說完簡短的感言，就飛速地跑到舞臺下面了。

「連說得獎感言的時候都板著一張臉，那怎麼可以！不過他的心情看起來比平日裡好多了，這點是逃不過我的眼睛的。」

莫格貝莉邊說邊喝無酒精啤酒。她蹲在踢克·休眠坐著的那張墊子上，撫摸艾尼莫拉·范喬的狗。

「二位今年沒有作品獲得頒獎典禮的提名，對吧？你們一定覺得很可惜。」

莫格貝莉對休眠和范喬說，而踢克·休眠的回答讓人很意外。

「我們明年會拿到大獎的。」

「『我們』？你們打算一起製作新夢境嗎？」

待在旁邊的佩妮問。

「對，我們兩個正在準備新的企畫。對吧，范喬？」

「是的，眞的很榮幸。踢克・休眠先生雖然不是要製作給動物做的夢，但他做的是能感覺到自己像動物一樣的夢，而我不是一向完全站在動物的立場來製作夢境嗎？所以我們發現有一種夢可以完美結合這兩者來製作看看。」

「是什麼夢啊？」

「佩妮，對於雖然是動物但卻從未活得像動物的動物，妳有多少的了解？」

「雖然是動物但從未……什麼？爲什麼這麼多人愛給我出含糊不清的題目呢？」

「哈哈，對不起。這個問題問得太突然了吧？我們要製作的是『獻給被關在動物園的動物之夢』。希望牠們生命中三分之一的時間至少能在原本應該待的地方度過。」

「哇，我從來沒想過還能製作那樣的夢！眞的上市的話，絕對不能讓在動物園拍打玻璃窗吵醒睡覺中的動物這種事發生。如果害牠們從你們精心製作的夢裡醒來，那就太可惜了。」

佩妮無比期待明年四樓會引進的新商品。

不知不覺，頒獎典禮只剩下「年度大獎」還沒頒發，但不知道為什麼絲毫緊張感也沒有。大家好像都知道誰會是大獎的得獎者。

「阿薩姆，今年的大獎會是哪個夢呢？」

「妳沒聽到那個傳聞嗎？」

「什麼傳聞？」

「聽說頌兒・可可女士完全恢復到全盛時期的狀態，那簡直是無可匹敵了啊。」

阿薩姆回答的同時，主持人宣布了得獎者。

「今年光榮的大獎是……頌兒・可可的『重新夢到的胎夢』！」

打扮得漂漂亮亮的頌兒・可可在熱烈的掌聲和隨扈人員的護送之下，走上舞臺。

「在這次以回憶為主題的睡衣派對上，頌兒・可可跟為人父母的客人分享的胎夢，蘊含了初次迎接孩子的激動心情。這個夢被譽為令人驚奇的夢境，做夢者可以重溫懷上孩子的感動。其中的細節和得獎感言就直接來聽聽得獎者是怎麼說的吧。」

頌兒．可可根據自己嬌小的身高調整好麥克風架之後開口。

「老太太我到了這把歲數又給添了一座大獎，看來我的未來還是一片光明呀。製作這個夢境的時候，我得重現確認驗孕棒出現兩條線時的感動、拿到第一張超音波照片時的感動，整個製作過程中我也感觸很深。如果大家都能懷著初次相遇那一刻的感動來對待身邊的人，那該有多好？我也想懷著剛開始從事這行業時的感動，繼續快樂地工作。全國上了年紀的製夢師們！看見我拿獎之後都受到刺激了吧？」

此時鏡頭捕捉到尼古拉斯從來賓席站起來，對頌兒．可可鼓掌的模樣。

幾乎從不出席頒獎典禮的他，今年甚至還搭配了相當有格調的服裝，坐在現場。而且每次畫面出現尼古拉斯，就會一起拍到坐在他旁邊滿臉通紅的邁可森。

「看來頌兒．可可女士的全盛時期還沒結束啊。」

道濟一邊鼓掌，一邊感嘆。

「好，我應該也還不算晚吧？我明年要靠『他人的人生之夢（正式版）』拿下大獎看看。」

奧特拉把大衣衣領立起來，嚴肅認眞地說。

時鐘快指向午夜十二點了。佩妮一邊等待倒數，一邊在心裡許願，希望自己就像頌兒．可可說的那樣，明年也要懷著剛從事這個行業時的感動，快樂地工作。還有希望明年、後年也可以在達樂古特夢境百貨，跟在此相聚的人們一起收看年末頒獎典禮。

後記二
邁可森與捕夢網

熱鬧的年底過去，新的一年開始了。氣溫一天比一天低，今天甚至飄著雨雪。毛線手套被大雪弄得濕漉漉的，佩妮乾脆脫下手套。才一下子指尖幾乎要凍壞，她只想快點抵達目的地。

佩妮用不舒服的姿勢抱著跟自己身體一樣大的紙袋，搖搖晃晃地往前走。脆弱的紙袋提繩承受不住重量，早就斷掉了。

佩妮一直懷疑自己是不是太雞婆的時候，不知不覺已經抵達了目的地——邁可森的惡夢工作坊前面。似乎入秋後就不曾清掃過的落葉堆滾來滾去，還有不能用的東西堆滿了一地。要說跟初次拜訪那時有什麼差別，現在的窗戶是掛灰色窗簾，而之前則是用黑漆漆的深黑色窗簾。

佩妮站在入口的樓梯平臺上，跺著冷冰冰的腳，不敢直接進去。正在思考見到邁可森要說什麼才好的時候，門忽然打開了。

「佩妮？妳怎麼會來這裡……？」

穿著粗線灰色毛衣的邁可森看到佩妮之後，一臉驚訝地站著。

「你……你好。」

「既然來了的話，就應該敲個門啊。這種大冷天，妳站在外面幹麼？快請進。」

「啊，天氣很涼對吧？其實不是很涼，是超冷的。還下雪了……因爲現在是冬天吧。冬天不是本來就很冷嗎？那個……我就不進去了，給你這個我就要走了。」

語無倫次的佩妮猶豫不決地遞出手上的紙袋。

「不知道妳帶了什麼東西過來，但是我不能讓在大冷天裡手腳凍僵的客人就這樣回去。快進來吧。」

邁可森沒有強行拉佩妮進去，但繼續站著的話，兩人肯定會變成雪人。下得更大的飛雪在邁可森的腳邊飄落堆積。佩妮尷尬地走入邁可森的工作坊，心裡後悔著自己眞不該來找他。

工作坊看起來比先前和達樂古特一起拜訪的時候更雜亂了。可能是因爲沒地方放製夢時用到的材料，牆上掛了沒看過的新層板，連層板底部的空間也裝上鉤子，吊掛著可以放入網子的材料。工作桌上如同行星般混合了好幾種奇妙色彩的小背景團，靜靜沉睡在尚未拆封的透明盒子裡。

「先坐那邊，我替妳泡杯熱茶。」

邁可森指著工作桌和椅子。

他泡茶的時候，佩妮又煩惱起要不要拿出紙袋裡的東西。

「給妳，這是我工作時愛喝的花草茶。雖然沒什麼特別的功效，但是很香。是說，妳來找我有什麼事嗎？夢境百貨的員工應該不會親自跑到所有製夢師的家裡拜年吧，畢竟你們很忙。老實說，我嚇了一大跳，因爲妳一個人來找我。」

佩妮瞄了神情溫柔的邁可森一眼，決定不管三七二十一，直接說出來訪的理由。

「看到之後你絕對不可以嘲笑或捉弄我喔。」

佩妮深呼吸一口，把東西從紙袋拿出來。桌上出現了一個由某些東西編織成串的大物品。

「這不是捕夢網嗎？」

「對，沒錯！就是捕夢網。」

邁可森認出物品的原貌令佩妮高興得露出燦爛的笑容。她親手製作的捕夢網太粗糙了，所以才會猶豫要不要拿給他看。不管怎樣，邁可森可以看出這個東西的用途，讓她鬆了一口氣。

「這是妳親手製作的嗎？」

「哪裡會賣這麼爛的捕夢網啊？」

佩妮仔細翻出笨拙地掛在捕夢網上的裝飾給邁可森看時，尷尬地笑了一下。以花邊結製成的圓環綁了過多的羽毛裝飾、珠子和貝殼。佩妮爲了掩飾生疏的打結手法而掛滿一串串的裝飾品，讓人不禁覺得勉強支撐著裝飾品的圓環很可憐。

「這眞的很美。」

邁可森像第一次看到捕夢網的人一樣，出神地看著。他的表情絕對不是演出來的。

佩妮還以爲他會哈哈大笑，捉弄她說怎麼這麼浪費材料，所以那出乎意料的反應讓她有點驚慌。

「不過，妳爲什麼要給我這個？而且還是親手製作的珍貴物品。」

佩妮還來不及藏住慌張的神色，生怕被問到的那個問題就從邁可森的嘴裡冒出來了。佩妮沒有回答這個問題的信心，所以煩惱了很多天要不要來邁可森的工作坊。

「沒什麼特別的意思。不對，的確是有特別的涵義。我的意思是，你不用覺得有壓力。其實上次的睡衣派對……應該是最後一天吧，我看到你在捕夢網前面露出來的尷尬模樣了。雖然什麼功能也沒有……呃，是雖然沒有什麼特別的功能，不美觀也是個問題，但是我覺得我親手製作的捕夢網應該不會有什麼問題，所以就……」

佩妮想起感應到惡夢氣息而叫個不停的捕夢網和驚惶失措的邁可森，小心翼翼地說。

邁可森一語不發。

「如果讓你覺得不舒服的話，我還是帶走吧。我只是……」

佩妮支支吾吾，邁可森趕緊揮揮手。

「我不是那個意思！我只是因爲不知道在這種情況下應該說什麼而已。我從來沒有這麼高興過。如果一個人感到很高興，但是從來沒有這麼高興過的話，該怎麼表達這個瞬間呢？」

邁可森認真地問。

「不用那麼客氣啦……總之，意思是你對這個禮物很滿意吧？真是太好了。」

佩妮拿著捕夢網站起來，環顧一圈邁可森的工作坊。

「我看看，掛在這個空掛鉤上應該很不錯。」

佩妮背對深灰色遮光窗簾站著，指向掛滿各種材料的高高的層板。

「好，掛掛看……很不錯耶！你也過來看看。」

邁可森跟佩妮一樣背對著窗戶。從掛起來的潔白捕夢網圓圈看過去，邁可森的工作空間一下子進入了視野之中。

「以後在這裡製作的夢境會穿過這個捕夢網，變成對人們有幫助的美夢，來到世界外頭。」

「哇……真不錯。」

邁可森彎腰看著捕夢網，站姿有點駝背。工作坊裡也沒播放常見的音樂，因此一陣寂靜。

佩妮已經沒有話要說了，一個人來果然還是太心急的想法湧上心頭。邁可森依舊跟靜止畫面一樣站著。感覺他也不會多閒聊幾句，所以佩妮好像還是得想辦法把對話延續下去，或是趕快說完「打擾了」就奪門而出，才能打破尷尬的氣氛。

佩妮正想開口隨便說點什麼的時候，邁可森意外地先打破了沉默。

「妳對夢境百貨的工作還滿意嗎？」

「嗯？怎麼突然問起這個……」

「因爲我很好奇。我想知道。」

「嗯，我眞的很滿意。雖然也會有覺得很累或頭痛的時候，但是可以在旁邊觀察那麼多人生活的樣子，我很開心。你呢？你喜歡當製夢師的生活嗎？哎呀，我這問題的答案不是很明顯嗎。在夜光獸洗衣所的時候，我從亞特拉斯先生那聽說了。他說你爲了成爲製夢師，離開洞窟後一個人付出了很大的努力。那都是因爲喜歡這份工作才有辦法做到吧。」

「原來妳從我爸那聽說過了，眞不好意思。對，沒錯。製夢這份工作眞的很有魅力。」

「那我換一個問題！離開洞窟之後，你什麼時候覺得最開心？」

「現在，現在最開心。」

邁可森毫不猶豫地回答，就像錄好答覆的電話答錄機。佩妮一時說不出話來，勉強喝下還沒變涼的茶。

「是說，佩妮，我想到像剛才那麼高興的瞬間要怎麼表達了。」

「怎麼表達？」

「是一句還挺像二徒弟後代子孫會說的話。」

「什麼話啊？」

「今天，我好像擁有了值得記住一輩子的美好回憶。以後做美夢的時候，背景永遠都會是現在坐著的這個空間。」

佩妮想不起來上一次聽到這麼肉麻的話是什麼時候。邁可森怎麼有辦法說出這樣的話？但是拿佩妮熬了整整兩晚製作捕夢網和邁可森的肉麻話一比，不用問也知道哪個比較甜。佩妮獨自想通了這一點，露出傻笑。

就在此時，掛在層板鉤子上的捕夢網在空中旋轉起來，裝飾品互相碰撞，叮噹作響。這個效果音跟他倆略帶緊張感的笑聲，非常的搭。

Eurasian Publishing Group
圓神出版事業機構
用心與你對話・網野無限寬廣
寂寞出版社
Solo Press

www.booklife.com.tw reader@mail.eurasian.com.tw

Soul 045

歡迎光臨夢境百貨2：找回不再做夢的人

作　　者／李美芮（이미예）
譯　　者／林芳如
發 行 人／簡志忠
出 版 者／寂寞出版股份有限公司
地　　址／臺北市南京東路四段 50 號 6 樓之 1
電　　話／（02）2579-6600・2579-8800・2570-3939
傳　　真／（02）2579-0338・2577-3220・2570-3636
總 編 輯／陳秋月
資深主編／李宛蓁
責任編輯／朱玉立
校　　對／李宛蓁・朱玉立
美術編輯／金益健
行銷企畫／陳禹伶・鄭曉薇
印務統籌／劉鳳剛・高榮祥
監　　印／高榮祥
排　　版／莊寶鈴
經 銷 商／叩應股份有限公司
郵撥帳號／ 18707239
法律顧問／圓神出版事業機構法律顧問　蕭雄淋律師
印　　刷／祥峯印刷廠
2022 年 04 月　初版
2024 年 06 月　21 刷

定價 460 元　　ISBN 978-626-95323-6-0　

◎本書如有缺頁、破損、裝訂錯誤，請寄回本公司調換　　Printed in Taiwan

你對這樣的故事有信心，期待有一天能成爲其中的一部分 。

——《S.》

國家圖書館出版品預行編目資料

歡迎光臨夢境百貨2：找回不再做夢的人 / 李美芮（이미예）著；林芳如譯. -- 初版. -- 臺北市：寂寞出版股份有限公司, 2022.04
336 面；14.8×20.8 公分（Soul ; 45）
譯自：달러구트 꿈 백화점 2 : 단골손님을 찾습니다
ISBN 978-626-95323-6-0（平裝）

862.57　　111001729